COLLECTION FOLIO

Laura Esquivel

Vif comme le désir

Traduit de l'espagnol (Mexique)
par Frédéric Eugène Illouz

Gallimard

Titre original :

TAN VELOZ COMO EL DESEO

Ce livre a été publié sous le titre *Tan veloz como el deseo*
par Plaza & Janès Editores S.A., Barcelone, 2001
et pour la première fois en France
aux Éditions de l'Archipel en 2003.

Laura Esquivel est née en 1950 à Mexico. Avant de se consacrer à la littérature, elle travaille dans l'enseignement et comme scénariste pour le cinéma. Elle publie son premier roman, *Chocolat amer*, en 1990 et rencontre un succès sans précédent. Son livre, traduit en trente-cinq langues, se vend à plus de quatre millions et demi d'exemplaires. Elle écrit le scénario de l'adaptation cinématographique réalisée par Alfonso Arau, intitulée *Les épices de la passion*, et est récompensée par les prix Ariel et Silver Hugo en 1992 et le prix Houston International Film Festival en 1993. Depuis, elle a publié notamment les romans *Vif comme le désir* et *Malinche*.

À la mémoire de mon père,
Julio César Esquivel Mestre

Le nord, on le sent de loin. Il s'impose et nous marque de son empreinte. Peu importe la distance qui nous sépare de lui : centre de gravité, courant invisible, il nous attirera toujours, comme la terre les gouttes d'eau, l'aimant l'aiguille ; comme le sang attire le sang, le désir le désir. C'est au nord que je puise mes origines — lorsque mes grands-parents ont échangé leur premier regard d'amour, lorsque leurs mains se sont effleurées pour la première fois. Mon destin d'être humain s'est scellé à la naissance de ma mère. Il m'a suffi d'attendre que son désir s'unisse à celui de mon père pour faire définitivement partie de ce monde.

À quel moment le puissant regard magnétique du nord s'est-il uni à celui de la mer ? Car je suis issue pour moitié de la mer. L'origine de toute chose. Mon père est né face aux vagues couleur émeraude, après que le désir de son père et celui de sa mère, en fusionnant, lui eurent enfin donné une place dans ce monde.

Combien de temps faut-il au désir pour envoyer le signal approprié et combien de temps s'écoule-t-il avant que la réponse attendue n'arrive ? Nombreuses sont les variables, mais une chose est certaine : tout le processus débute par un regard. Il ouvre une voie que plus tard les amants emprunteront et réemprunteront. Aurais-je assisté au premier regard d'amour de mes parents ? Où étais-je à ce moment-là ?

Je ne peux m'empêcher de me poser toutes ces questions à présent que j'observe celui de mon père errant, hagard, inconscient, de-ci de-là. Est-il à la recherche d'autres univers ? De nouveaux désirs, de nouveaux regards qui le tireraient ailleurs ? Je n'en sais rien. Il ne parle plus. Ah, si je pouvais entendre ce qu'il entend… Quel appel attend-il ? Qui l'emmènera dans l'Au-delà ? À quel moment ? En quoi consistera le signal du départ ? Qui le donnera ?

Nous, les femmes, sommes ici-bas les portes de la vie. Qui l'accueillera de l'autre côté ? L'encens allumé jour et nuit dans la chambre permet, du moins voudrais-je le croire, de tresser un lien, le cordon ombilical grâce auquel il pourra recevoir l'aide dont il a besoin. Les volutes s'élevant en spirale dans le ciel répandent un parfum plein de mystère ; elles mettront mon père en contact avec le royaume céleste, j'en suis intimement persuadée, afin qu'il puisse retourner là d'où il est venu. Où au juste, je l'ignore, de même que qui, ou quoi, l'attend dans l'Au-delà. J'exorcise la peur que m'inspire le mot « mystère » en m'accrochant à mes souvenirs, à ce que je sais de mon Papa. Il doit lui aussi être rempli de crainte car ses yeux qui ne voient pas ne peuvent l'aider à scruter l'inconnu. Si tout commence par un regard, comment Papa va-t-il déceler une présence autre, aspirer à s'engager sur un nouveau chemin ? Puisse-t-il, exalté par un désir, vite reconnaître son parcours ! Que ses souffrances prennent fin !

Papa chéri, tu ne peux savoir tout ce que je donnerais pour éclairer ton chemin, t'aider dans ce passage comme tu m'as aidée quand je suis venue au monde, tendrement portée par tes bras — t'en souviens-tu ? Si j'avais su, je n'aurais pas attendu si longtemps pour naître. Comment pouvais-je prévoir ? Avant que je vous voie, ma mère et toi, tout était plongé dans l'obscurité et la confusion. Peut-être est-ce ainsi que se présente ton avenir. Ne t'inquiète pas, je suis sûre que là où tu vas, quelqu'un t'attend, de la même façon que tu m'attendais. Je suis sûre que des yeux se languissent de toi. Va en paix. Tu ne laisses derrière toi que de bons souvenirs. Que les mots t'accompagnent. Que les voix de ceux qui t'ont connu résonnent dans l'espace, balisant ton trajet. Elles seront tout à la fois porte-parole, médiatrices, elles parleront à ta place, annonceront l'arrivée de celui qui fut un père et un amoureux, du télégraphiste si jovial, si souriant, qui savait tellement bien raconter des histoires.

I

Il est né de bonne humeur, un jour de fête, accueilli par toute la famille réunie. Entre la poire et le fromage une plaisanterie fit tant rire sa mère, raconte-t-on, qu'elle en perdit les eaux. Incontinence qu'elle attribua d'abord à son irrépressible hilarité. Puis elle se rendit rapidement compte que ce torrent qui lui coulait entre les jambes était le signe avant-coureur de la naissance de son douzième enfant. Sans cesser de rire, après s'être excusée, elle se dirigea vers sa chambre. Onze accouchements l'ayant précédé, le douzième ne lui prit que quelques minutes. L'enfant qui naquit dans des circonstances aussi joyeuses ne pleura pas en voyant le jour, il riait. Doña Jesusa se lava avant de retourner à la salle à manger, où elle annonça à la cantonade :

— Regardez ce qui m'est arrivé !

Et, tous les regards s'étant tournés vers elle, d'exhiber le petit paquet qu'elle tenait dans ses bras, en ajoutant :

— L'enfant est sorti. C'est d'avoir tant ri.

L'hilarité fut générale dans la salle à manger. Tous applaudirent l'événement avec enthousiasme. Le mari, Librado Chi, levant les bras au ciel, se réjouit bruyamment :

— Quelle jubilation !

Aussi le nouveau-né fut-il nommé Jubilo. À la vérité, on n'aurait pas pu lui trouver de nom qui lui convienne mieux. Mon père était l'incarnation de l'allégresse et de la joie. Même quand, bien des années plus tard, il fut frappé de cécité, il ne perdit pas son sens de l'humour. On eût dit qu'il était né avec le don de la félicité. Je ne parle pas de sa capacité à être heureux, mais du pouvoir qu'il avait de répandre la gaieté autour de lui. Partout où il allait, ce n'était que jubilation. Son arrivée, comme par magie, allégeait les ambiances les plus pesantes ; les esprits se rassérénaient, les plus pessimistes se défaisaient de leurs inquiétudes et commençaient à voir le côté positif des choses. La seule personne qui se montrât réfractaire, ce fut son épouse. Ce cas isolé représentait l'exception confirmant la règle. En général, personne ne résistait à son charme et à sa bonne, humeur. Sa grand-mère paternelle elle-même, Itzel Ay, hostile et renfrognée depuis le mariage de son fils avec une femme blanche, s'illuminait dès qu'elle l'apercevait. Pour elle, il était *che'ehunche'eh wich*, qui en maya signifie « celui qui a le visage souriant ».

L'entente était loin d'être parfaite entre doña

Jesusa et doña Itzel, du moins jusqu'à la naissance de Jubilo. La raison en était d'ordre racial. Doña Itzel, étant cent pour cent d'origine maya, désapprouvait le mélange de sa race avec le sang espagnol de doña Jesusa. Pendant de nombreuses années, elle évita de fréquenter la maison de son fils. Ses petits-enfants grandirent loin d'elle, et longtemps elle refusa d'adresser la parole à sa bru, alléguant qu'elle ne savait pas parler espagnol. Cette dernière se vit obligée d'apprendre le maya pour communiquer avec sa belle-mère, ce qui n'améliora en rien le dialogue entre les deux femmes, Doña Jesusa trouvant difficile de conjuguer la pratique d'une langue différente de la sienne et l'éducation de ses douze enfants. Alors qu'elle n'avait manifesté que peu d'intérêt pour ceux qui avaient précédé le petit dernier, la grand-mère souhaitait de toute son âme être près de Jubilo. Dès l'instant où elle l'avait vu, le visage souriant du nourrisson l'avait fascinée.

Jubilo fit irruption dans cette famille comme un cadeau du ciel que personne n'attendait. Un très beau cadeau, qu'on ne savait où poser. La différence d'âge qui le séparait de ses frères et sœurs faisait pratiquement de lui un enfant unique. Plusieurs de ses frères étant en outre déjà mariés, ses compagnons de jeux furent ses neveux. Sa mère devant jouer à la fois le rôle de mère, d'épouse, de grand-mère, de belle-mère et de bru, Jubilo vécut le plus clair de ses premières années en compagnie des domestiques, jusqu'à ce que sa grand-mère le prît sous son aile. Tous deux passaient des heures ensemble, à se promener, jouer, converser. Naturellement, la grand-mère utilisait le maya pour communiquer avec son petit-fils, qui devint très tôt le seul membre bilingue de sa génération. Dès l'âge de cinq ans, l'enfant se chargea d'être l'interprète officiel de la famille. Tâche assez compliquée pour quelqu'un d'aussi jeune : en effet, quand doña Jesusa parlait de la mer, il devait avoir présent à l'esprit qu'elle désignait la mer qui était devant sa maison et dans laquelle toute la famille se baignait ; en revanche, quand doña Itzel prononçait le mot *k'ak'nab*, elle ne faisait pas seulement allusion à la mer mais à la « dame de la mer », l'une des phases de la lune liée aux masses d'eau en mouvement. Aussi, au moment de traduire, Jubilo devait-il tenir compte de ces subtilités autant que des inflexions de la voix, de la tension des cordes vocales, des mouvements du visage et de la bouche chez sa mère et chez sa grand-mère. Travail délicat, que Jubilo accomplissait bien volontiers, sans toutefois se priver de s'éloigner un peu du texte. Un ou deux mots aimables ajoutés çà et là adoucissaient opportunément les rapports entre les deux femmes. L'astuce porta ses fruits. Le temps aidant, elles s'entendirent chaque jour un peu mieux et finirent même par s'aimer. Le petit garçon avait découvert le grand pouvoir des mots quand il s'agissait de rapprocher ou d'éloigner les personnes ; l'important n'était pas la langue utilisée mais l'intention sous-jacente au message.

La simplicité apparente de ce principe était trompeuse. En réalité, l'opération était très complexe. Un énoncé, de la part de la grand-mère, ne coïncidait pas la plupart du temps avec ce qu'elle voulait dire. La tension de sa bouche et de ses cordes vocales la trahissait. Elle faisait un effort pour ne pas prononcer certains mots, c'était évident — même Jubilo, dans son innocence enfantine, comprenait cela. Pourtant, ces mots qui n'étaient pas proférés, si étrange que cela paraisse, il les entendait. Le plus intéressant, c'est que cette « voix » qui restait silencieuse était celle qui véhiculait les véritables désirs de sa grand-mère. Jubilo, sans trop y réfléchir, traduisait fréquemment ces murmures imperceptibles pour les autres au lieu des mots effectivement prononcés à voix haute. Bien sûr, jamais il ne lui vint à l'idée de le faire au détriment de sa mère ou de sa grand-mère. Au contraire, son objectif ultime était toujours la conciliation. Prononcer le mot magique que ces deux femmes, pour lui si chères et si importantes, n'osaient pas dire, le mot qui assurément avait quelque chose à voir avec des désirs réprimés. Par exemple, au cours des discussions s'élevant fréquemment entre sa mère et sa grand-mère, Jubilo ne doutait pas un instant que, si l'une disait noir, en réalité elle voulait dire blanc et vice versa. Ce qu'il ne comprenait pas, étant donné son jeune âge, c'était la raison pour laquelle elles se compliquaient tant la vie et, au passage, celle de leur entourage, puisque leurs querelles se répercutaient sur tous les membres de la famille. Il ne se passait pas un jour sans qu'éclatât un conflit. Elles trouvaient toujours des motifs valables. Si l'une était d'avis que les Indiens étaient plus tarés que les Espagnols, l'autre soutenait que les Espagnols sentaient plus mauvais que les Indiens. Bref, les arguments ne manquaient jamais. Le sujet le plus sensible concernait la vie et les mœurs de doña Jesusa. Doña Itzel avait toujours été contrariée par le fait que ses petits-enfants avaient acquis des manières qui selon elle ne leur convenaient pas. C'était la raison principale pour laquelle elle avait préféré se tenir à l'écart, afin de ne pas assister au désastre. Maintenant, il s'agissait de sauver Jubilo, son petit-fils chéri, du déracinement dont les autres avaient été victimes. Pour qu'il n'oublie pas ses origines, elle lui racontait constamment non seulement des contes et légendes mayas mais aussi des anecdotes sur les batailles que ces mêmes Mayas avaient dû livrer pour ne pas se laisser déposséder de leur culture. La guerre des castes avait été la plus récente. Vingt-cinq mille Indiens environ y avaient perdu la vie, et, comme de juste, la grand-mère y avait joué un rôle important. Malgré la défaite, son fils Librado avait réussi à prendre la tête d'une des plus importantes sociétés exportatrices de sisal et à se marier avec une femme espagnole — chose très rare au Yucatán, contrairement aux autres régions où le métissage était courant. Durant la période coloniale, aucun Espagnol ne passa plus de vingt-quatre heures dans un village sous *encomienda* ; les Blancs ne se mêlaient pas aux Indiens, et ceux qui voulaient prendre femme se rendaient à Cuba pour épouser des Espagnoles, jamais des indigènes. L'alliance entre un Indien maya et une Espagnole était fort inhabituelle.

Pour doña Itzel cependant, l'union entre Librado et Jesusa représentait plus un danger qu'un succès. La preuve : à l'exception de Jubilo, ses petits-enfants ne parlaient pas maya et prenaient du chocolat au lait au lieu de chocolat à l'eau. N'importe quel témoin aurait trouvé plaisante la controverse enflammée opposant les deux femmes dans la cuisine. Jubilo, lui, n'était pas là pour s'amuser mais pour traduire. En pareille circonstance, il devait redoubler d'attention car il savait que tout ce qu'il dirait pourrait facilement être interprété comme une déclaration de guerre. Ce jour-là, les esprits étaient singulièrement échauffés. Les protagonistes s'étaient déjà lancé certaines petites phrases venimeuses, l'interprète, quant à lui, se sentait d'autant plus mal à l'aise que sa mère manifestait toute la peine que lui causaient les propos de la grand-mère. Le plus invraisemblable, dans cette mémorable empoignade, était qu'aucune des deux ne parlait réellement du chocolat — ce sujet n'était qu'un prétexte.

Voici ce qu'en l'occurrence doña Itzel voulait dire :

— Écoute, ma petite, je te signale que mes ancêtres ont construit des pyramides monumentales, des observatoires, des lieux sacrés et qu'ils connaissaient bien avant vous l'astronomie et les mathématiques, alors ce n'est pas toi qui vas venir m'apprendre quoi que ce soit, surtout pas comment on doit boire le chocolat.

Pour sa part, doña Jesusa, dont le langage n'était pas des plus châtiés, aurait adoré pouvoir dire :

— Écoutez, belle-mère, vous avez peut-être l'habitude de sous-estimer tous ceux qui ne sont pas de votre race parce que vous croyez que ce sont vos Mayas qui ont le plus de couilles au cul, mais je vais vous dire, moi : ils ne sont qu'une bande de séparatistes, et puis j'en ai marre de vos histoires de Mayas. Si vous me méprisez tant, ne venez pas chez moi boire mon chocolat.

La situation était si tendue, chacune d'elles défendant son point de vue avec passion, que Jubilo finit par redouter qu'un malheur ne survînt. Quand sa mère, s'armant de courage, lui demanda de transmettre à sa grand-mère le message suivant :

— Je n'admets pas qu'on vienne chez moi me dire comment faire les choses. Je ne reçois d'ordres de personne, et surtout pas d'elle !

Jubilo n'eut d'autre recours que de traduire :

— Grand-mère, ma Maman dit que dans cette

maison, on n'accepte pas les ordres… enfin, sauf les tiens.

À ces mots, l'humeur de doña Itzel changea du tout au tout. Pour la première fois de sa vie, elle eut l'impression que sa bru lui accordait la place qui lui revenait. Doña Jesusa, pour sa part, n'en revenait pas. Comment sa belle-mère pouvait-elle accueillir une phrase aussi agressive avec un sourire si paisible ? Un instant déconcertée, elle répondit à son tour par un sourire. Pour la première fois depuis son mariage, elle avait le sentiment que sa belle-mère l'acceptait. D'une seule phrase, Jubilo avait réussi à donner à chacune ce qu'elle cherchait de toutes ses forces : se sentir appréciée.

À partir de ce jour, doña Itzel, totalement convaincue que ses ordres étaient suivis à la lettre, cessa de fourrer son nez dans les affaires de la cuisine. Quant à doña Jesusa, persuadée que sa belle-mère tolérait à présent sa façon de vivre, elle fut capable de se rapprocher d'elle et de nouer des liens affectueux. La situation familiale redevint normale. Le mérite en revenait à Jubilo, qui était ravi d'avoir découvert le pouvoir des mots. Que le traducteur aguerri qu'il avait été dès sa tendre enfance ne rêvât pas de devenir pompier ou policier, mais télégraphiste, n'étonna personne. Il en eut la révélation un après-midi qu'il était couché dans son hamac à côté de son père.

Bien que la révolution mexicaine fût terminée

depuis des années, on racontait encore des histoires sur ce qui s'était passé pendant ces années héroïques. Cet après-midi-là, Jubilo écoutait avec délices son père parler des télégraphistes. Rien ne lui plaisait plus que d'entendre, à peine réveillé de la sieste obligatoire, les récits de son père. À cause de la chaleur tropicale, la famille dormait dans des hamacs installés à l'arrière de la maison où la brise marine donnait un peu de fraîcheur. Là, devant la *k'ak'nab*, on se reposait et on devisait. Le bercement des vagues plongeait Jubilo dans une profonde tranquillité, tandis que les mots, interrompant son sommeil, le ramenaient au murmure de la conversation dans un va-et-vient délicieux. Retournant du monde des songes à celui de la maison, il secouait l'engourdissement tropical, ouvrait de grands yeux, prêt à boire les paroles de son père. Les télégraphistes étaient ceux du général Pancho Villa. L'importance que celui-ci avait toujours accordée aux télécommunications avait représenté un facteur décisif dans les succès qu'il avait obtenus comme stratège. Très conscient de leur efficacité en temps de guerre, il avait merveilleusement su les utiliser — ainsi la prise de Ciudad Juárez, lors de laquelle il avait exploité les ressources du télégraphe avec originalité. De par sa situation, cette ville-frontière bien approvisionnée était un bastion important. Villa ne voulait pas s'engager en terrain découvert contre les fédéraux, et ne pouvait non plus traverser la frontière. Il décida donc de s'emparer d'un train transportant du charbon entre Chihuahua et Ciudad Juárez, dont il fit son cheval de Troie. Toute son armée s'y embarqua, capturant à la première gare le télégraphiste officiel, tandis que celui du général Villa envoyait aux fédéraux le message suivant : « Villa nous poursuit, que faire ? » La réponse fut sans ambiguïté : « Regagnez Ciudad Juárez le plus vite possible. » Ce qu'ils firent. À l'aube, le train de marchandises atteignit Ciudad Juárez. Les fédéraux le laissèrent entrer. Lorsqu'ils se rendirent compte qu'au lieu de charbon il contenait des hommes en armes, il était trop tard. C'est ainsi que Villa réussit à prendre Ciudad Juárez avec un minimum de violence.

À qui comprend vite, peu de mots suffisent. En entendant son père s'écrier : « Sans l'aide de son télégraphiste, le général Villa n'aurait jamais gagné ! », l'enfant se représenta immédiatement ce héros inconnu dont personne ne savait même le nom et dont l'image prit dans son esprit des proportions gigantesques. Si pour son père cet homme était admirable, Jubilo serait télégraphiste ! Il voulait cesser de rivaliser avec ses onze frères et sœurs. Beaucoup plus âgés que lui, ils avaient déjà terminé leurs études. Celui qui n'était pas avocat était médecin, et celle qui ne dansait pas à la perfection était très intelligente. Tous et toutes pleins de vertus, ils étaient doués de nombreuses aptitudes et capacités. Leur père, d'une certaine manière, préférait discuter avec ses frères et sœurs, appréciait plus leur réussite que les siennes, leurs blagues à eux le faisaient plus rire que les siennes. Jubilo sentait bien qu'on l'ignorait, et il voulait se distinguer coûte que coûte. Quelle meilleure manière de devenir un héros aux yeux de son père qu'en étant télégraphiste ? Embrasser une telle carrière ne serait pas difficile, étant donné son don particulier pour écouter et transmettre des messages. Il piaffait d'impatience.

Que fallait-il pour être télégraphiste ? Où étudiait-on ? Pendant combien de temps ? Les questions sortaient de sa bouche comme une rafale de mitraillette, et avec la même rapidité il obtint des réponses. Ce qui l'émut le plus fut de savoir que pour être télégraphiste, il était nécessaire de maîtriser l'alphabet morse, un code de communication que peu de gens connaissaient. La chose se présentait plutôt bien ! S'il était le seul à comprendre l'information qu'il recevait et celle qu'il transmettait, il allait pouvoir traduire à sa guise ! Il se voyait déjà suscitant des passions amoureuses, arrangeant des mariages et apaisant toutes sortes d'inimitiés. Le télégraphiste le plus compétent du monde, ce serait lui, il en était intimement persuadé. À preuve, la façon dont il avait amélioré la relation entre sa mère et sa grand-mère. L'apprentissage de l'alphabet morse ne pouvait pas être beaucoup plus compliqué. En outre, il se sentait possesseur d'un don. Sa capacité à « écouter » les vrais sentiments des gens, tout le monde ne pouvait s'en targuer. Ce que Jubilo ne pouvait prévoir, c'était qu'au fil du temps son principal atout allait faire son infortune. Être à même de connaître d'innombrables secrets, désirs et souhaits ne serait pas forcément un avantage. Être à tout moment au courant de ce que les gens éprouvaient allait lui causer bien des migraines et de grandes déceptions amoureuses. Dans ces moments où le rire et la joie régnaient, qui aurait pu dire à Jubilo que la vie était difficile, qui aurait pu prédire qu'il allait terminer ses jours prostré dans un lit, presque réduit à l'état de légume, sans pouvoir communiquer avec les autres ? Personne.

— Salut, Jubilo ! Comment ça va ?

— Ben… ça… peut…

— Pourtant, mon vieux, je te vois fort bonne mine.

— Toi… par… contre…

— Quoi ! J'ai si mauvaise mine ?

— Non, don Chucho, Papa veut dire qu'il n'arrive pas à vous voir, non pas qu'il vous trouve mauvaise mine. Juste, vous ne l'avez pas laissé terminer.

— Pardon, mon vieux, mais comme tu parles très lentement, j'ai anticipé.

— Oui, ce problème lui cause de nombreuses difficultés. L'autre jour, Aurorita, son infirmière, lui a demandé s'il voulait descendre manger, et Papa a dit que oui mais que, d'abord, il voulait aller à la salle de bains. Aurorita l'a installé sur son fauteuil roulant, l'a conduit à la salle de bains, l'a aidé à se lever et a commencé à lui baisser la fermeture Éclair de sa braguette. Alors Papa lui a dit, très lentement comme c'est devenu son habitude : « Non, je veux seulement me laver les mains. » Aurorita a éclaté de rire et lui a dit : « Ah ! Monsieur Jubilo, et alors pourquoi m'avez-vous laissée ouvrir votre fermeture Éclair ? » Ce à quoi Papa a répondu : « Eh bien, parce que j'ai cru que vous aviez de bonnes intentions. »

— Ah ! mon vieux, tu n'as pas changé, pas vrai ?

— Non… ! Pour quoi… faire ?

— Dites-moi, don Chucho, Papa a toujours été comme ça, blagueur ?

— Toujours. N'est-ce pas, Jubilo ? Il est comme ça depuis que je le connais.

— Et quel âge avait-il ?

— Oh ! là là, je ne me souviens plus. Ton père devait avoir neuf ans, et moi peut-être six. Il venait d'arriver de Progresso par le train, je crois me souvenir que la Compagnie d'exportation où travaillait ton grand-père avait fermé ; en revanche, je me souviens parfaitement de la première fois où je l'ai vu, debout tout droit à côté de sa valise. Je me rappelle très bien aussi ses culottes courtes, style petit marin et tout le bataclan ! T'as pas idée ! Tous les gamins du quartier se moquaient de lui, ils lui demandaient s'il s'était perdu en allant à la plage, s'il voulait bien leur indiquer où était le bal masqué... Tu sais, comme font les enfants...

— Et comment a réagi Papa ?

— Rien, il a ri comme les autres et nous a dit : « Bal masqué ? Quel bal masqué ? Personne ne vous a dit que j'avais apporté la mer ici ? Regardez, voilà la vague ! » On est tous restés comme deux ronds de flan devant ton père plié en deux. Depuis ce jour, je l'ai trouvé très sympa et on est devenus amis. Nous habitions rue Alzate, ton père vivait au numéro 27 et nous en face. Comme ça, on était toute la journée ensemble. On ne se quittait jamais. Quand ma famille a déménagé rue Naranjo, Jubilo venait me voir après l'école. On adorait jouer dans la rue — avant, il n'y avait pas de danger de se faire renverser, puisque les voitures, il en passait une de temps en temps, et les camions, pratiquement jamais. La vie était très différente, le quartier superbe. Maintenant, par contre, tu vois, on ne peut pas sortir la nuit parce qu'on se fait malmener comme ça m'est arrivé, j'ai même dû aller à l'hôpital. L'insécurité est telle que la pharmacie, tu te rappelles, Jubilo, eh bien ! ils ont dû installer une grille pour éviter d'être attaqués. Je me souviens de l'époque où les filles Gonzalez habitaient en haut ; la nuit, ton papa et moi, on montait à l'heure où elles allaient se coucher pour essayer de les voir en train de se déshabiller. N'est-ce pas, Jubilo ? Maintenant que tu ne peux pas parler, je vais en profiter pour faire des révélations à ta fille, à condition que tu ne me casses pas la figure, hein ?

— Ben… Ce… n'est… pas… l'envie… qui… me… manque…

— Ça, je n'en doute pas. Mais ce qui me rassure, c'est que tu ne peux pas bouger, pas vrai mon pote ? Parce que sinon !… Tu savais que ton papa était un sacré castagneur ?

— Non.

— Il était même très bon ! Un jour, il a cogné Chueco Lopez, un boxeur qui courait après ta maman.

— C'est vrai ?

— Oui, oui, un jour qu'on faisait la fête, quand j'habitais rue Naranjo, on était tous les trois sur le balcon. Ne voilà-t-il pas que le Chueco se met à grimper sur un poteau, juste pour discuter avec ta maman. C'est là que ton papa s'est fâché, il s'est battu avec lui, et il a gagné !

— Et pourquoi il s'est fâché ? Il était déjà fiancé avec Maman ?

— Non, non, pas du tout, je venais de les présenter l'un à l'autre ; non, ce n'est pas ça, le problème était que, d'après Jubilo, le Chueco avait manqué de respect à ta mère. À vrai dire, moi j'étais là, et je n'ai rien entendu qui ressemblât à une insulte…

— L'intention… y… était !

— Ah, sacré Jubilo, va !

— Alors, dites-moi, don Chucho, comme ça,

c'est vous qui avez présenté mes parents l'un à l'autre ?

— Oui, et ton papa ne me l'a jamais pardonné. Pas vrai, mon vieux ?

— Nooon…

— Tu devrais, pourtant. Le coupable, en fait, c'était toi. Cette nuit-là, au lieu de frapper ce pauvre Chueco, tu aurais dû l'encourager à se marier avec Lucha, tu aurais été plus heureux dans la vie…

— Je… n'allais… quand… même… pas… lui… faire… ça… Je… l'admirais !

— Pauvre Chueco Lopez, il était si sympathique. Imagine-toi que c'est lui qui m'a appris à boxer. Ah ! ça, il était doué pour la boxe ! Il a même participé à des matchs à la Arena México et à la Arena Libertad. Quand j'étais petit, à l'école, je n'arrêtais pas de me faire rosser, alors je lui ai demandé d'être mon professeur. Il m'a dit oui. Dans la cave de sa maison, il avait un sac et une barre. C'est là qu'il m'a donné mes premières leçons. Il m'a dit, regarde, ce qui compte, dans la boxe, c'est de ne jamais fermer les yeux. Parce que c'est à ce moment-là que l'adversaire en profite. C'est pourquoi j'ai toujours dit à Jubilo : écoute, vieux, quand ta femme te frappe, surtout ne ferme pas les yeux. J'aurais parlé dans le vide, ç'aurait été du pareil au même. La vie n'est pas toujours drôle, tu sais. Le pauvre Chueco, lui aussi il a eu bien des malheurs… Devenu l'esclave de la boisson, il a fini une calebasse à la main.

— Une calebasse à la main ?

— Oui, tu sais, ceux qui servent la bière d'agave dans les *pulquerias*. Enfin, c'était comme ça qu'on faisait avant, on la versait dans les verres avec une calebasse. Il y a une fin aux meilleures choses. Tiens par exemple, le Chueco, il est mort ; et nous, on est destinés à prendre le même chemin… Alors, tant que je suis en vie, j'essaie de me la couler douce. Le bowling trois fois par semaine, c'est le pied, avec pour partenaires des messieurs et des dames de plus de soixante-dix ans, mais qui se défendent au lancer de la boule. Il y en a un qui vient de fêter ses quatre-vingt-dix ans, et il joue toujours, et bien ! Imagine-toi, avec l'âge qu'il a, il arrive à lancer une boule de dix livres ! Le seul inconvénient, c'est qu'ils ont commencé à faire payer quatre-vingts pesos la piste — beaucoup trop cher pour nos maigres pensions. Impossible ! Mais un jour que je marchais rue Sullivan, j'ai découvert un bowling sur la terrasse au-dessus d'une cordonnerie. Une jeune fille et un monsieur étaient en train de jouer, je leur ai demandé si je pouvais jouer moi aussi, ils m'ont dit que l'endroit était réservé aux retraités de l'ISSTE le matin, j'ai rétorqué que j'étais également retraité, mais de la sécurité sociale, ils ont déclaré que cela n'avait pas d'importance et que je pouvais entrer. Dix-huit pesos la piste, les retraités n'en paient que neuf, en plus, le café nous est offert. Comme la patronne du restaurant m'a à la bonne, elle m'offre deux ou trois tasses ; il faut dire que je lui apporte de temps en temps un petit paquet de chocolats, c'est pourquoi elle est gentille avec moi. Je joue depuis à peu près trente ans. Je ne suis ni bon ni mauvais, entre les deux, mais je ne me plains pas. Mon score moyen, c'est entre cent cinquante et cent soixante — mon objectif serait d'atteindre cinq cents. Il y a quinze ans, j'ai fait cinq cent quatre-vingt-trois sur trois pistes ! Qu'est-ce que tu en penses, Jubilo ? Jubilo ! Tu ne me parles plus du tout ?

— Non, don Chucho, il est comme ça parfois. Une sorte de fatigue, je ne sais quoi exactement, surtout quand on évoque Maman devant lui.

— Ah, ça alors ! Et elle n'est pas venue lui rendre visite ?

— Non, elle ne veut pas.

Je me confie à don Chucho en tremblant, presque en catimini, connaissant l'aptitude de Papa à capter deux conversations à la fois. Son regard semble perdu dans les souvenirs, mais je sais parfaitement que cela ne l'empêche pas de suivre le cours de notre discussion. Sa longue expérience de télégraphiste lui permet de contrôler de façon surprenante deux voire trois communications simultanées. Je n'aimerais pas du tout qu'il apprenne ce que ma mère pense de sa maladie ; d'un autre côté, bien que n'ayant pas vu sa femme depuis quinze ans, il est certainement au courant de tout ce qu'elle pense. Quelle image de ma mère aura-t-il conservée ? Celle du jour où ils se sont dit adieu, celle du jour où il l'a vue pour la première fois ? Peut-être celle du jour où elle était au balcon, éveillant toutes sortes de désirs chez les hommes ? Et Maman, quelle image de mon père aura-t-elle gardée ? Est-elle capable de se le représenter malade comme il est maintenant ? Les après-midi, pense-t-elle à lui, une fois les feuilletons télévisés terminés ? Comment se le représente-t-elle ? Est-elle capable de se le remémorer souriant, comme au bon vieux temps, quand ils dansaient la habanera sur la place de Veracruz et que l'aimant du nord faisait déferler l'impétuosité des océans dans les yeux de son partenaire fasciné ?

II

Les couples de danseurs évoluaient sur la piste aux accents de la habanera. Leur élégance était celle des cygnes, et chacun de leurs pas exsudait la sensualité. L'atmosphère était inondée de volupté. Jubilo était vêtu de lin blanc, tandis que son épouse Luz Maria portait une robe d'organza. Beaux, bronzés, les jeunes mariés attiraient tous les regards. L'ardeur, la passion, la lascivité qui émanaient d'eux semblaient provenir directement du soleil dont, depuis un mois, ils se gorgeaient chaque jour à la plage. La main de Jubilo amplifiait ce qu'elle percevait comme une vague effervescente, chaude, dissolue, le doux balancement des hanches de Luz Maria, plus connue sous le nom de Lucha, et la température de son corps qui augmentait. Ses doigts habitués à transmettre des messages télégraphiques à une vitesse extraordinaire semblaient reposer innocemment sur la naissance des épaules de sa femme ; en fait, loin de rester inactifs, ils enregistraient à tout moment le mouvement, la fièvre, le désir tapi sous la peau. Telles des antennes voraces, leur extrémité charnue capturait les impulsions électriques que le cerveau de Lucha envoyait. L'ordre de suivre le rythme de la musique, par exemple. La jeune femme n'avait pas besoin de mots pour dire à son époux combien elle l'aimait, combien elle le désirait. Les mots voyagent à la vitesse du désir, ils deviennent inutiles dans les messages d'amour. Il suffit de disposer d'un appareil de réception ultrasensible : Jubilo en avait un, et des plus performants. Il était né avec, juste au centre de son cœur. Des quantités de signaux pouvaient y être captés, pourvu qu'ils proviennent d'un autre cœur. Que l'autre veuille ou non les rendre publics importait peu. Jubilo avait la faculté d'interpréter les messages avant qu'ils se transforment en mots. Plus d'une fois cette disposition naturelle lui avait valu des déboires, les gens n'ayant pas l'habitude de révéler leurs véritables intentions ; ils les cachent aux autres, les dissimulent sous de belles paroles, les taisent pour ne pas heurter les conventions sociales. Le hiatus qui existe entre les désirs et les mots suscite toutes sortes de problèmes de communication. Il est à l'origine du double langage des individus aussi bien que des nations. On dit une chose, on en fait une autre. Les gens ordinaires, se laissant généralement guider par les mots, se retrouvent totalement confondus quand les actes trahissent les déclarations. Ils ne savent plus à quel saint se vouer quand la fausseté se révèle, mais curieusement préfèrent se laisser leurrer plutôt que de se sentir trahis. Les véritables intentions auront beau être dévoilées, pour eux un mensonge semble plus acceptable. Jubilo s'était habitué à être traité de menteur quand il disait la vérité.

Fort heureusement, l'énergie électrique qui parcourait le corps de sa femme ne pouvait être interprétée de différentes manières. Totalement en accord avec les pensées de Lucha, elle coïncidait de manière absolue avec les désirs de Jubilo. Leur harmonie physique du moment anticipait le plaisir qui serait le leur, de retour à la maison. Mariés depuis seulement six mois, ils n'avaient rien fait d'autre que s'explorer, s'embrasser, s'aimer dans chacune des petites localités où Jubilo, en tant que télégraphiste suppléant, remplaçait le titulaire du poste parti en vacances. Il avait été récemment affecté dans la belle ville de Veracruz, ce qui était une aubaine. Cette nomination était une véritable bénédiction, surtout de son point de vue à lui, dont le besoin de repos était urgent après l'épuisement des derniers mois. Les bains de mer, le sable salé, l'odeur de poisson et le café La Parroquia agissaient sur lui comme le meilleur des toniques, bien meilleur que l'Émulsion de Scott que Lucha s'obstinait à lui administrer. Le cri des mouettes, le battement des éventails et le bruit des vagues le renvoyaient aux jours heureux de l'enfance. À leur contact, il recommençait à trouver la vie agréable, exempte d'obligations hormis faire l'amour. L'honnêteté l'obligeait néanmoins à reconnaître qu'il ne pouvait penser à autre chose que le sexe, qu'il fût à Veracruz ou en Cochinchine. Même au travail, cependant qu'il envoyait des messages télégraphiques, il ne cessait de se rappeler comment ses doigts caressaient les parties intimes de Lucha, lui envoyant des signaux en morse sur son clitoris — la jeune femme ignorait tout des combinaisons de points et de traits, mais la signification en était suffisamment explicite pour qu'elle y répondît avec une passion redoublée. Son travail obsédait Jubilo, et n'était pas séparable de son activité amoureuse. Les deux activités étaient intimement liées, expliquait-il. D'abord, le fonctionnement de l'une et de l'autre dépendait d'un courant électrique, que le télégraphe recevait par l'intermédiaire de fils conducteurs, et, dans les petits villages où il n'y avait pas d'électricité, au moyen de récipients de verre d'environ trente ou quarante centimètres de hauteur sur quinze centimètres de diamètre dans lesquels on plaçait des pierres de sulfate que l'on remplissait ensuite d'eau. Dans la partie supérieure, on mettait une spirale de cuivre avec deux plots, un pour l'eau, l'autre pour la spirale, l'un positif, l'autre négatif. Disposés en série jusqu'à atteindre le voltage requis, ces cylindres agissaient comme des piles de Volta. Selon la théorie de Jubilo, le vagin fonctionnerait de façon similaire, avec l'humidité nécessaire et la taille adéquate pour que la mise en contact avec le membre viril, ce fil de cuivre d'un genre sophistiqué, produise un fort courant électrique semblable à celui de la pile de Volta. Chance ou malchance — cela dépend du point de vue d'où l'on se place —, il apparaissait que la pile de Jubilo durait peu. À chaque instant, il avait envie de se brancher pour recharger ses batteries. Lucha et lui se levaient tôt, et faisaient l'amour ; ensuite Jubilo se rendait au travail, envoyait quelques messages, avant de rentrer manger. Après déjeuner, il faisait l'amour, et retournait télégraphier d'autres messages. Il revenait à la maison l'après-midi. La nuit tombée, le couple sortait se promener un moment, dînait et, avant de dormir, faisait de nouveau l'amour. La seule variante, maintenant qu'ils étaient à Veracruz, consistait à aller tous les jours à la plage. Là s'arrêtait la routine des jeunes mariés, jusqu'à ce que quelque chose en altérât légèrement le cours.

Non que leur ardeur se fût atténuée, ou que la grossesse de sa femme eût entravé leurs accouplements, mais Jubilo sentait qu'une interférence perturbait l'échange énergétique entre eux. Sans pouvoir se l'expliquer, il avait le sentiment que Lucha lui cachait quelque chose. Quelque chose qu'elle n'osait exprimer, mais qu'il sentait courir comme un courant électrique voyageant dans un milieu éminemment conducteur, c'est-à-dire l'eau que l'on trouve en abondance dans le torrent sanguin. Les pensées de son épouse se transmettaient directement à Jubilo durant l'échange énergétique que favorisaient les relations sexuelles. Le ventre de sa femme était sa prise de courant, sa compagnie d'électricité. Dernièrement, un changement de voltage avait eu lieu, mais les questions que se posait avec désespoir le mari restaient sans réponse. N'ayant pas sous la main d'appareil pouvant s'apparenter au télégraphe qui pût capter cette pensée qu'elle lui cachait, il en était réduit à se livrer à des conjectures en essayant de deviner. Que ne pouvait-il transformer ces impulsions électriques en paroles, trouver la clef qui rendrait une telle prouesse possible, inventer un décodeur de pensée ! Dans sa conception, les pensées étaient des entités existant dès l'instant où elles se formaient, de l'énergie qui vibrait et se déplaçait dans l'espace de manière silencieuse et invisible jusqu'à ce qu'un appareil récepteur les capte et les change, selon le cas, en mots écrits, en sons, et, pourquoi pas, en images. Jubilo était convaincu qu'un jour ou l'autre on inventerait une machine capable de transcrire les pensées en images. Rien ne s'y opposait. En attendant, il allait devoir continuer d'utiliser le seul système récepteur qu'il eût à sa disposition : lui-même. Peut-être lui fallait-il affiner plus sa perception afin de pouvoir intercepter les longueurs d'ondes plus subtiles qui lui permettraient d'amplifier son pouvoir de communication avec le monde qui l'entourait. Il croyait fermement que toutes les choses de l'univers, depuis l'humble petite fleur des champs à la galaxie en expansion, étaient dotées de sensibilité, d'esprit, qu'elles avaient une âme. Chacune à sa façon, elles émettaient des ondes, et chacune disait : « Je suis là. » Les étoiles parlaient donc, et communiquaient entre elles. Elles étaient susceptibles d'envoyer des signaux qui avaient un sens. Les anciens Mayas se prétendaient liés à l'esprit du Soleil, ils croyaient que, si l'on parvenait à entrer en contact avec l'astre-roi, il était possible d'appréhender non seulement son flux de conscience mais aussi ses désirs. En digne descendant de cette race merveilleuse, Jubilo aimait dépasser les limites de son entendement, exacerber ses sensations, atteindre dans la mesure du possible le soleil, les étoiles et peut-être quelque galaxie, s'efforçant d'y trouver l'infime signifiant d'une pulsation. Que les corps célestes soient condamnés à errer dans la nuit des temps sans que personne les comprenne serait ce qui pourrait arriver de plus désastreux à notre monde. L'idée qu'un message pût ne pas avoir de destinataire plongeait Jubilo dans un trouble incommensurable. Pour le réceptacle idéal qu'il était, l'interprète-né, c'était aussi désespérant qu'une caresse ne touchant jamais la peau, une figue fraîche ignorée, méprisée de tous qui finit pourrie, par terre. Or il y en avait des quantités, flottant dans l'espace, désorientés, tournant sans but. La culpabilité qui assaillait le télégraphiste le terrassait, comme si la responsabilité lui incombait de recevoir des messages à la place de ceux qui ne le pouvaient pas. Il aurait adoré pouvoir informer le monde entier que lui, il percevait les signaux, que lui, il leur accordait une valeur et que — c'était là le plus important — leurs vibrations n'étaient pas vaines. À tout prix, il lui fallait accuser réception. Au fil des années, il trouva que le meilleur moyen, c'était d'adopter une attitude honnête dans son travail. Le comble de l'honnêteté consistant à faire ressortir ce qui est caché, il s'appliquerait désormais à satisfaire les désirs les plus intimes des gens.

Sa conviction prenait son origine dans un passé déjà lointain, un jour que sa grand-mère l'avait emmené dans la forêt et conduit en un lieu secret encore ignoré des historiens. Une stèle maya s'y trouvait, monument colossal, difficile à embrasser du regard pour un enfant de petite taille. Le pouvoir d'attraction qu'elle exerçait n'en était pas moins grand. Dès qu'on posait les yeux sur les glyphes taillés dans la pierre, on était fasciné. Doña Itzel et Jubilo l'observèrent un long moment ; la grand-mère fumait l'un de ces cigares qu'elle se confectionnait elle-même en enveloppant le tabac dans une feuille de maïs non découpée et qui duraient une éternité, tandis que le petit-fils scrutait les inscriptions mystérieuses.

— Qu'est-ce qui est écrit là, Grand-mère ?

— Je ne sais pas, mon petit. On suppose que sur cette stèle ont été notées des dates très importantes, mais personne n'a pu les déchiffrer.

Le garçonnet fut horrifié. Si les Mayas avaient pris la peine et le temps de graver des dates sur ce monument, c'était qu'ils devaient les considérer comme vraiment importantes. Comment était-il possible, alors, qu'on en eût oublié le sens ?

— Mais dis-moi, Grand-mère, il n'y a réellement personne qui comprenne de quels nombres il s'agit ?

— Ce n'est pas cela, *che'ehunche'eh wich*, nous savons les lire, ce que nous ne savons pas, c'est à quelles dates de notre calendrier elles correspondent, puisque les Mayas avaient un autre calendrier que le nôtre et qu'il nous manque un élément essentiel pour les interpréter.

— Et qui a la clef ?

— Personne. Cette clef a été perdue lors de la conquête. Comme je te l'ai dit, les Espagnols ont brûlé de nombreux codex, et il y a beaucoup de choses que nous ne saurons jamais de nos ancêtres.

Pendant que doña Itzel tirait une longue bouffée de son cigare, Jubilo laissa échapper une larme. Il refusait d'accepter que tout fût perdu. Cela ne pouvait être vrai. Cette pierre lui parlait, et il ne parvenait pas à la comprendre, mais il était sûr qu'il pouvait déchiffrer l'énigme qu'elle contenait. Tout du moins, c'est ce qu'il allait essayer de faire. Il passa des jours à apprendre le système de numération maya — c'était une numération à base vicésimale, de un à vingt, se transcrivant par des points et des barres. Curieusement, cet entraînement allait bien des années plus tard lui faciliter l'apprentissage de l'alphabet morse. Ignorant à cette époque qu'il serait télégraphiste, sa seule préoccupation était de se donner les moyens de lire les datations mayas. Rien n'aurait pu rendre doña Itzel plus heureuse. Voir son petit-fils complètement absorbé dans l'étude de la culture des anciens Mayas la remplissait d'orgueil et de satisfaction — je crois même que cela lui permit de mourir en paix. Elle avait transmis son héritage à un membre de sa famille ; sûre que Jubilo n'oublierait pas son passé maya, elle partit tranquille, le sourire aux lèvres. Malgré son grand chagrin, il fut reconnaissant au Ciel qu'elle ait pu disparaître à temps, avant l'irruption brutale de la modernité à Progresso, sa ville. Vivre à Progresso était d'une ironie sans nom pour cette femme combative aux idées libérales, qui n'adhérait en rien à l'idée de progrès telle qu'on la vantait alors. Elle acceptait que les femmes fument et luttent pour leurs droits, appuya le mouvement qui, en 1916, réclamait au Yucatan la légalisation de l'avortement mais s'opposa formellement à l'arrivée du télégraphe, du téléphone, du train et de tous les acquis des temps modernes, lesquels, selon elle, avaient pour seul résultat que les gens se remplissaient la tête de bruit, vivaient plus vite et se détournaient de leurs vrais intérêts. D'une certaine manière, les avancées technologiques représentaient la continuation grossière de la pensée positiviste ayant tant marqué le groupe des « Cientificos », ces personnages lamentables qui pendant de nombreuses années maintinrent au pouvoir le président Porfirio Diaz. Ce fut précisément sous sa dictature, en 1901, que fut publié l'ouvrage *México : su evolucion social* du médecin positiviste Porfirio Parra, un témoignage sans ambiguïté de l'opinion que se faisaient des Mexicains les autorités en place, des hommes pourtant en apparence si respectables et si raffinés. L'héritage indigène y était totalement discrédité de façon lapidaire, évacué sans plus de formalités grâce à l'argument selon lequel, avant l'arrivée des Espagnols, les Indiens ne savaient compter sans se tromper que jusqu'à vingt et que leurs connaissances arithmétiques se bornaient à de simples visées pratiques sans pouvoir prétendre à la dignité d'instrument scientifique. D'après Parra, l'origine de la science mexicaine ne serait pas indienne, elle aurait été importée par les conquistadors. Affirmation dénotant une ignorance crasse, et d'autre part fortement teintée de racisme. Pour doña Itzel, tous ces progrès de la science revenaient à un nuage de fumée occultant la lutte menée par de grandes figures mexicaines telles que José Vasconcelos, Antonio Caso, Diego Rivera, Martin Luis Guzman et Alfonso Reyes contre le scientisme et pour la culture de « l'esprit » et des humanités afin de renouer avec la réalité mexicaine, avec l'Indien. Ainsi le train était un moyen de locomotion rapide, soit ; mais la véritable question était la suivante : se déplacer à une telle vitesse, pour quoi faire ? Les progrès technologiques ne servaient à rien s'ils n'étaient accompagnés d'un développement spirituel. Si les Mexicains n'avaient pas acquis une plus haute conscience de ce qu'ils étaient grâce à la révolution de 1910, comment allaient-ils pouvoir rester proches de leur passé en accélérant leur rythme de vie ? Cesseraient-ils enfin de vouloir être ce qu'ils n'étaient pas ? La grand-mère mourut sans avoir obtenu de réponse.

L'affliction de Jubilo ne le détourna pas de ses tentatives. Ses études l'amenèrent à découvrir le calendrier maya. En treize noms et vingt symboles, les Mayas avaient résumé toute la science accumulée par leurs extraordinaires astronomes, qui furent capables de prédire avec une très grande précision — la marge d'erreur par rapport aux calculs de la science moderne s'établissant à un pour mille — non seulement les éclipses mais la longueur de l'orbite que décrit la Terre autour du Soleil. Leur civilisation ne disposait pas, il faut le rappeler, d'appareils de mesure adéquats, les Mayas n'avaient même pas réussi à découvrir l'utilisation de la roue comme moyen de transport. Jubilo parvint à la conclusion que ce peuple avait établi une relation privilégiée avec l'univers. Le terme maya *kuxan suum* désigne la façon dont nous sommes reliés à notre galaxie. Il pourrait se traduire par « la Voie du Ciel qui conduit au Cordon Ombilical de l'Univers » : il s'agit d'un cordon qui part du plexus solaire de tout être humain, passe par le Soleil avant d'arriver au *hunab-ku*, « le Principe de Vie au-delà du Soleil ». Des fils subtils maintiennent un lien constant entre les corps ; en d'autres termes, notre galaxie s'intègre dans une matrice résonante à l'intérieur de laquelle s'effectue de façon instantanée la transmission de la connaissance. Les êtres dotés de la sensibilité nécessaire pour percevoir la résonance des choses peuvent se connecter et recevoir immédiatement la connaissance cosmique. Bien sûr, quand le *kuxan suum* se trouve obscurci, il en résulte que notre propre résonance en est diminuée, le Soleil peut alors être face à nous, il ne dit rien. Conception très intéressante que celle qui considère notre galaxie comme une caisse de résonance. Résonner signifie sonner à nouveau, et sonner signifie vibrer. L'univers tout entier est animé de pulsations, de vibrations, de résonances. Qu'est-ce qui résonne ? Les objets préparés pour recevoir les ondes énergétiques. Jubilo avait observé que les extrémités pointues étaient plus susceptibles de capter l'énergie que les formes arrondies. Les pyramides construites par ses ancêtres s'inscrivaient dans cette logique. En allant plus loin, son propre crâne pointu apparaissait parfaitement adapté à la fonction d'antenne, lui permettant de se relier au cosmos ; de même, son membre viril dressé semblait parfaitement adapté à la caisse de résonance la plus profonde, la plus sonore du monde : celle de sa femme. Ainsi s'expliquait la faculté qui était la sienne d'établir une forte communication avec ses congénères. Plus surprenant, il y parvenait également avec les objets, ainsi qu'avec les nombres, le summum de l'abstraction. Non seulement interceptait-il les vibrations subtiles, à la manière d'une antenne de haute fréquence, mais il entrait en harmonie avec les choses. Jubilo ne se contentait pas de percevoir les ondes en mouvement, il lui était donné de se fondre en elles, de vibrer sur un ton et une fréquence identiques. La corde de guitare ne fait pas autrement quand elle entend une corde voisine accordée sur le même ton qu'elle, et sans que personne la touche. Pour Jubilo, la meilleure manière d'apporter une réponse à une vibration qui dit « je suis là », c'était de résonner, de dire lui aussi « je suis là, et je vibre avec toi ».

En étudiant la numérologie des Mayas, il s'aperçut qu'écrire le nombre cinq ne revenait pas à écrire le nombre quatre, non parce que tous deux représentaient une accumulation différente d'éléments mais parce que chacun possédait sa résonance spécifique. De même qu'il était parfaitement capable de distinguer un do d'un si, de même il pouvait déterminer avec précision la valeur d'une carte retournée sur la table. Il était donc un joueur de cartes exceptionnel. Curieusement, il jouait rarement, et jamais avec des amis. Tirer parti de sa facilité à sentir les nombres lui paraissait malhonnête. La seule exception eut lieu à Huichapan où il remplaçait un collègue parti en congé. Huichapan était un petit village pacifique situé au pied de la sierra de Puebla. Il y pleuvait la plupart du temps. Toutes les maisons avaient de grands auvents pour que les passants puissent parcourir les rues sans se mouiller. Une sorte de mélancolie tenace, plus insidieuse encore que l'humidité constante, semblait pénétrer les os des habitants. On se réunissait dans des endroits clos, parmi lesquels le plus fréquenté était la taverne. Une quinzaine de jours après leur arrivée, Jubilo, préférant dans ses moments de liberté folâtrer au lit avec sa femme, n'avait pas encore eu la curiosité de découvrir ce lieu si populaire.

Un après-midi, l'un des clients les plus assidus du Bureau des Télégraphes, un jeune paysan appelé Jesus, était venu envoyer son télégramme habituel à Lupita, sa fiancée, qui vivait à Puebla. Lupita et Jesus avaient prévu de se marier deux semaines plus tard. Les préparatifs étaient déjà très avancés. Jubilo avait déjà envoyé une montagne de télégrammes à la fiancée pour l'informer du jour où aurait lieu la cérémonie religieuse, de la quantité de fleurs et de bougies qui allaient décorer l'église, combien de poulets on égorgerait pour le banquet, bref, même le nombre de baisers que

Jesus comptait donner à Lupita et, surtout, où, Jubilo le savait. Naturellement, une telle confidence, il ne la tenait pas directement du fiancé ; elle s'était échappée de l'esprit de ce dernier, et Jubilo, devenant ainsi complice dans cette relation amoureuse, l'avait captée sans le vouloir cependant qu'il observait Jesus en train d'écrire ses télégrammes. Ce matin-là, dès qu'il vit Jesus franchir le seuil du Bureau des Télégraphes, il comprit que quelque chose de grave se passait. La tête basse, l'air triste et angoissé, son client ne s'apercevait même pas que, de son chapeau incliné, l'eau de pluie dégoulinait sur les papiers jonchant le comptoir — il avait oublié jusqu'à ses bonnes manières, et n'avait pas trouvé le temps d'ôter son couvre-chef. Jubilo, timidement, s'arrangea pour sauver du désastre quelques formulaires qu'il mit à l'abri. Jesus, lui, s'escrimait à la rédaction d'un télégramme, mais invariablement ses brouillons aboutissaient dans la corbeille à papier. Ce qu'il avait à annoncer à Lupita n'avait rien d'agréable, Jubilo le percevait très clairement. Il s'approcha de l'amoureux, décidé à lui prêter son concours, et peu à peu gagna sa confiance. Le problème lui fut bientôt avoué. Joueur de poker invétéré, Jesus avait coutume d'aller tous les vendredis à la taverne. Le vendredi d'avant, il avait pris une décision fatidique : revenir le lendemain samedi et enterrer du même coup sa vie de garçon. Le résultat avait été catastrophique. Il avait joué, et tout perdu. Tout ! La chaumière où il avait l'intention de vivre avec Lupita, l'argent pour payer la messe, le banquet, le costume de marié, jusqu'au voyage de noces dont il avait tant rêvé ! L'homme, bien entendu, était effondré. Le pire dans l'affaire, c'est que sa fortune était tombée aux mains de don Pedro, le cacique local, un rustre grossier et antipathique prompt à exploiter son prochain et à le voler, pour ne mentionner que ses défauts les plus apparents. Comment était-ce concevable que, n'ignorant rien de cela, Jesus ait été assez téméraire pour le défier au jeu ? Jubilo était dépassé. Jesus se justifia en avançant qu'il lui avait été impossible de se soustraire à l'épreuve. Don Pedro, surgi du néant, s'était montré à sa table de poker, avait demandé s'il pouvait se joindre au groupe et aucun des joueurs n'avait eu le courage de lui résister. L'explication était compréhensible ; mais au nom de quoi Jesus avait-il tout risqué ? Jubilo pressentait bien qu'une raison plus impérieuse que l'excès de boisson, argument auquel s'accrochait son interlocuteur, l'avait acculé à la débâcle. Tout en l'écoutant longuement parler, Jubilo s'attacha à entrer en harmonie avec la souffrance de Jesus, afin de trouver la réponse. Ce que son ami lui cachait derrière son regard vitreux et lamentable, c'était qu'il avait nourri l'espoir — si faible, si ténu — de l'emporter au moins une fois dans sa vie sur celui qui avait dépouillé sa famille de tous ses biens. Ainsi s'expliquait l'irrationalité du comportement de Jesus. Jubilo en fut accablé. Pensant à l'impuissance de ces paysans dont plusieurs générations avaient souffert toutes sortes d'abus de la part des grands latifundistes, il fut submergé de colère. L'offense, l'humiliation faites à ces êtres désarmés, il les éprouvait dans sa chair, tant était profonde sa compassion. En cet instant précis, il se jura de venger son infortuné ami qui ne savait comment apprendre à sa fiancée, quinze jours avant le mariage tant attendu, que tous les préparatifs allaient devoir être suspendus. Comble de malchance, le départ de Lupita pour Huichapan était imminent. Toute sa parentèle devait l'accompagner, et la famille de Jesus réunie pour l'occasion l'attendait avec impatience. Comment espérer qu'elle lui pardonne un acte aussi irresponsable ? Jesus était désemparé. Jubilo arriva à le convaincre que la tristesse n'était pas bonne conseillère. Tant qu'elle habiterait son cœur, il serait dans l'impossibilité d'écrire une phrase cohérente. Aussi le renvoya-t-il chez lui, après s'être engagé à rédiger lui-même le message, qu'il enverrait à Lupita. Promesse qu'il tint — non, cela va de soi, pour annuler la noce, mais pour dire à Lupita au nom du fiancé combien celui-ci l'aimait. Lui en révéler plus n'était pas nécessaire. Pas pour le moment. Il y avait encore beaucoup à faire, mais il était persuadé qu'il existait une solution. La seule chose dont il avait besoin était du temps, et il lui était compté. Il décida donc de ne plus perdre une minute et s'employa à réfléchir à la meilleure manière d'imposer la justice.

S'il y avait une chose que Jubilo ne pouvait pas supporter, c'était l'abus de pouvoir. Bien qu'habitant le village depuis peu, il était déjà au courant des turpitudes de don Pedro : comment il avait violé des jeunes filles, comment il pressurait ses ouvriers agricoles, spoliait sans vergogne les paysans, truquait les combats de coqs et également, d'après ses récentes constatations, les parties de poker. Dans son indignation, Jubilo, pourtant l'être le plus pacifique du monde, en arriva à déplorer que don Pedro ait survécu à la révolution mexicaine. Il aurait été enchanté que les révolutionnaires, à la faveur du tumulte, lui eussent brûlé la cervelle ! Quel grand service ils auraient rendu à la société, et surtout, quelle intense affliction ils auraient épargnée à Jesus ! Puisque les révolutionnaires ne s'étaient pas montrés à la hauteur, il n'avait pas le choix, il se devait d'affronter ce fléau.

Samedi tardait à arriver. Jubilo eut toutes les peines du monde à retenir sa fougue. Le soir venu, il se précipita à la taverne. À huit heures précises, il y fit son apparition et se dirigea immédiatement vers la table de don Pedro, prêt à jouer toutes ses économies et son salaire du mois. L'homme qu'il devait abattre le reçut à bras ouverts, tel un vampire mis en appétit devant une jeune fille de quinze ans. Le monstre se régalait à l'avance ;

encore une bonne occasion de ramasser un peu d'argent frais ! Quelques parties suffirent à Jubilo pour comprendre la tactique adoptée par don Pedro qui avait constamment l'avantage. Que la première carte de sa main fût un as, et c'en était fini d'eux tous. Le cacique pariait gros afin d'obliger les autres à se retirer, et il fallait avoir beaucoup de sang-froid pour persister et miser autant que lui. Pour comble, outre qu'il jouait bien, don Pedro avait une chance de cocu. Si quelqu'un amenait une tierce, il en abattait une plus forte. Devant une séquence, il montait avec une quinte floche. Et dans les rares occasions où son jeu n'était pas bon, il avait recours au vieux truc du bluff et misait très gros pour faire croire aux autres joueurs qu'il disposait d'une excellente main. En général, personne ne relevait le défi, son honnêteté étant notoirement douteuse. Mieux valait rester dans l'incertitude plutôt que de se retrouver les poches vides. Cela coûtait très cher d'essayer de relancer. Il était vain d'espérer le battre. Continuer de miser revenait à engloutir sa fortune personnelle. Don Pedro n'aimait pas perdre, il ne reculait devant aucune mesure d'intimidation, et disposait d'une panoplie impressionnante ; gagner était la seule chose qui comptait pour lui. Pour parvenir à ses fins, il avait appris à interpréter en une fraction de seconde le moindre mouvement de ses adversaires, si subtil fût-il. Par exemple, s'il voyait quelqu'un hésiter avant de poser sa main, il en déduisait que l'adversaire n'avait même pas une misérable paire et en profitait pour surenchérir. Au contraire, celui qui payait avec enthousiasme avait assurément un bon jeu, il convenait donc de rester sur ses gardes. Des jetons lancés sur la table avec une ferme détermination et doublant l'enjeu justifiaient un retrait sans autre forme de procès. Don Pedro ne prenait jamais aucun risque. Dans son jeu, aucune passion ; chaque mise était parfaitement calculée et, comme de bien entendu, il gagnait toujours.

Jubilo, très habilement, laissa sa future victime gagner les premières parties, même s'il disposait d'un meilleur jeu. La nuit était longue, et il importait que don Pedro se sente en confiance. Une heure après le début de leur face-à-face, ce dernier avait mordu à l'hameçon, totalement convaincu que le nouveau venu était un joueur médiocre dont il ne ferait qu'une bouchée. Alors, sans crier gare, Jubilo commença à passer à l'offensive. C'était au tour de César, l'apothicaire, qui était assis à sa gauche de distribuer les cartes, le voisin de droite étant le premier servi. Jubilo était capable de pressentir de quelle carte il s'agirait. Avant que la cinquième carte fût donnée, ce fut au tour de don Pedro d'annoncer une dernière fois sa mise. Quatre cartes étaient étalées sur la table devant chaque joueur, trois par-devant et une cachée, Valet, Huit, Trois et par ailleurs un autre

Valet pour don Pedro. Jubilo avait un Neuf, un Sept, un Roi, et en outre un autre Roi. Il disposait d'une paire supérieure à celle de don Pedro, mais celui-ci, l'ignorant, tenta de le savoir en augmentant sa mise pour voir si Jubilo, au cas où il aurait une paire de Rois, la doublerait. Celui-ci n'en fit rien ; il ne voulait surtout pas que don Pedro se retire du jeu, c'était l'occasion ou jamais d'accomplir sa mission et de tailler son adversaire en pièces. Le jeune homme se limita à payer sa mise, et il le fit en hésitant. Jubilo n'avait qu'une ridicule paire de Neuf ! C'était le signe que don Pedro attendait ; il souffla, soulagé. La somme à gagner était considérable, il était décidé à la ramasser. Avant la répartition de la dernière carte, don Pedro découvrit sa paire de Valets afin de forcer l'autre à montrer sa paire de Neuf, mais Jubilo maintint son Roi caché, ce qui obligea César à lui donner la cinquième carte côté figure. Jubilo était sûr qu'il allait recevoir un autre Roi, et savait également que don Pedro aurait un autre Valet ; peu lui importait, une tierce de Rois étant supérieure à une tierce de Valets. Quand César laissa tomber la cinquième carte de Jubilo, un murmure de surprise parcourut l'assemblée. Le merveilleux Roi tomba comme au ralenti. Derrière son regard impavide, don Pedro dissimulait sa contrariété. Tout semblait indiquer que Jubilo cachait une paire de Neuf, or il avait à découvert une autre paire de Rois, la main de son adversaire était donc supérieure à la sienne. Don Pedro ôta son cigare de sa bouche, se concentra sur la dernière carte qu'il allait recevoir. Ses quatre premières cartes étant découvertes, la cinquième lui serait donnée cachée. Il la ramassa posément, l'observa avec la même placidité. Un sourire de contentement faillit lui échapper quand il découvrit qu'il avait reçu un autre Valet : il avait une tierce de Valets ! Cela signifiait qu'il allait gagner. Celui qui avait la paire de Rois, contrairement à toute attente, s'abstint de miser et passa son tour. Le rythme cardiaque de don Pedro s'accéléra. Sûr de son triomphe, sans arrière-pensées, il paria quatre-vingt-dix pesos. C'était le moment que Jubilo attendait. Il déposa tranquillement les quatre-vingt-dix pesos, puis enchérit la mise avec les vingt derniers pesos qui lui restaient et qui constituaient tout son capital. Le télégraphiste comptait trop sur ses deux paires, sans se demander si l'autre n'avait pas lui-même une tierce de Valets comme c'était le cas en vérité — l'inexpérience certainement, crut à tort don Pedro, tellement sûr de lui qu'il mit l'argent sur la table en demandant pour la forme :

— Je gagne contre quoi ?

— Tierce de Rois, répondit Jubilo.

Son adversaire, rouge de colère, ne supporta pas d'avoir perdu. La bataille devint sans pitié. Don Pedro, dans sa rage de vaincre, fit appel à toutes ses connaissances et à sa ruse. Quand Jubilo pariait, il s'abstenait. En revanche, quand don Pedro pariait, Jubilo, bien que disposant d'une main faible, se voyait obligé de suivre. Peu à peu, tous ses gains se volatilisèrent, il se mit à jouer mal, de plus en plus nerveux. Il avait beau se concentrer, il n'arrivait plus à identifier quelle était la carte qui allait sortir, encore moins celles que don Pedro avait en main. La situation lui échappait complètement. La communication avec les nombres lui avait été ôtée, il jouait à l'aveuglette. Ses mains étaient moites, sa bouche sèche. Alors qu'il était en train de jouer tout ce qu'il lui restait, il avait dans sa main une paire de Sept, qu'il retourna sur la table ; don Pedro n'en avait annoncé aucune. La dernière donne n'améliora pas le jeu de Jubilo. Il dut attendre que don Pedro fasse sa mise. À défaut de paire, celui-ci disposait nécessairement de cartes hautes, de sorte que, quelle que soit la paire jouée, il l'emporterait. Après avoir regardé sa carte, don Pedro déclara avec aplomb :

— Je parie tout ce qui vous reste.

Jubilo hésita. Tous les joueurs s'étaient déjà retirés. Si lui ne suivait pas, personne ne connaîtrait les cartes de don Pedro. Par ailleurs, don Pedro l'avait défié personnellement ! Avec, de toute évidence, l'intention de le ratiboiser — ayant sans aucun doute deviné que l'argent que le télégraphiste avait mis sur la table était tout ce qu'il avait dans la vie. Jubilo essayait d'évaluer mentalement ses possibilités de gagner. L'autre était fort probablement en train de bluffer, mais la seule manière de s'en assurer était de payer. Jubilo semblait avoir perdu sa capacité de se connecter dans les profondeurs des individus, des objets et des nombres. Il s'exécuta. À sa grande douleur, il constata que don Pedro avait une paire de Valets. Une vague glaciale lui parcourut tout le corps. Il avait tout perdu. Tout ! Il n'avait plus rien à parier. Le vainqueur ramassa les jetons, son cigare à la bouche, et lui dit :

— Cher ami, merci beaucoup. Je crois que vous n'avez plus rien à parier, n'est-ce pas ?

— Non...

— Et cette petite Packard que vous avez ? Vous ne voulez pas qu'on la joue ?

Jubilo fut paralysé. Effectivement, Lucha et lui étaient arrivés au village dans une Packard, mais cette voiture ne lui appartenait pas complètement. Il ne lui était même pas venu à l'esprit qu'il pouvait la jouer ! C'était un cadeau de mariage offert par ses beaux-parents. Lucha venait d'une famille très fortunée et ce présent, témoignage de l'affection que ses parents portaient à leur « trésor », la prunelle de leurs yeux, était également destiné à rendre plus agréable son périple à travers tous ces « villages crasseux », au côté de son époux. L'automobile valait quelque trois mille six cents pesos. Sans prendre le temps de réfléchir, Jubilo dit :

— D'accord pour la voiture !

Don Pedro sourit. Depuis qu'il avait vu arriver Jubilo et sa belle épouse, il était dévoré d'envie, autant à cause de la voiture que de la femme. L'une comme l'autre l'excitaient. Il considérait que Jubilo ne méritait ni l'une ni l'autre. Voici que se présentait à lui l'occasion de s'approprier l'une d'elles. Il commença à battre rapidement les cartes, mais Jubilo l'interrompit :

— Sauf que… Je ne veux plus jouer au poker. Je vous parie la valeur de la voiture plus tout ce qui est sur la table, mais sur la tête de Kid Azteca, qui est en ce moment même en train de disputer à Mexico le titre mondial des poids welter.

L'offre paraissait tentante à don Pedro, bien qu'échappant à son contrôle. Impossible d'influencer le résultat par ses ruses. Le hasard seul en déciderait. Cependant, comme la chance était décidément avec lui ce soir-là — jamais, de toute sa vie, il n'avait gagné autant d'argent —, il ne se fit pas prier pour accepter. Le seul problème, c'est que le match n'était pas retransmis par la radio. La seule manière de procéder était d'attendre les résultats qui parviendraient par la presse, le lendemain, quand les journaux arriveraient au village. Quelques heures seulement les séparaient du lever du jour. Jubilo suggéra de faire le total de ce qui se trouvait sur la table — une fortune, en vérité —, puis d'aller tous ensemble à la gare attendre la livraison des journaux. Ils sauraient alors qui avait gagné le match, et l'argent serait remis à celui qui avait parié sur le vainqueur. N'était-ce pas la meilleure façon de régler l'affaire ?

Tous les joueurs ayant approuvé sans réserve, don Pedro se laissa faire. On se rendit donc à la gare. L'inhabituel pari suscitait des commentaires enthousiastes, on encourageait les protagonistes, on hasardait des pronostics. La majorité de l'assemblée vouait une haine mortelle à don Pedro, et même ceux qui ne le détestaient pas n'étaient pas loin de se rallier au sentiment prédominant, souhaitant que Jubilo l'emporte. Celui-ci, préférant garder le silence, s'était séparé du groupe pour fumer à son aise, mains dans les poches, les yeux dans le lointain. Les autres respectaient son besoin de solitude. L'incertitude, s'imaginaient-ils ; elle devait le ronger. Ils ne se seraient jamais doutés que ce qui mettait Jubilo dans cet état d'anxiété, c'était le remords. En effet, Chucho, le cher Chucho, son ami d'enfance, grand télégraphiste devant l'Éternel autant que fervent amateur de boxe, qui vivait à Mexico, était allé assister au match. Il avait informé Jubilo du résultat du combat au moyen du télégraphe et avant que ce dernier ne sorte jouer à la taverne. Au moment où il émettait sa proposition, Jubilo savait déjà qui avait gagné sur le ring. Il avait parié sans risque, et se sentait coupable. Don Pedro, certes, méritait ce tour de cochon, mais Jubilo s'en voulait d'avoir trahi le serment de confidentialité auquel s'engagent les télégraphistes. La seule chose qui le consolait était de penser que Lupita et Jesus auraient l'argent pour leurs noces et que Lucha, son épouse chérie, ne pourrait lui reprocher que son retour à une heure tardive, et non la perte de la Packard. Déprimé, il ne put jouir des exclamations de plaisir, des félicitations et des accolades qui lui furent prodiguées. Il s'en fallut de peu qu'on ne le porte en triomphe. Don Pedro, de son côté, n'appréciait pas du tout la tournure des événements ; la lecture du journal lui avait arraché une bordée d'injures. Il n'avait jamais su perdre, et n'allait certainement pas apprendre à cinquante ans. Le jour viendrait où il pourrait prendre sa revanche, se promit-il tout en s'éloignant. Le regard qu'il lança à l'heureux gagnant avant de quitter la gare était sans équivoque : Jubilo s'était fait un ennemi déclaré.

Qu'importe, puisque avant quinze jours il serait envoyé à Patzcuaro. Il y avait peu de chances que son chemin et celui de don Pedro se croisent à nouveau. Le destin allait en décider autrement, hélas. Jubilo cependant n'avait qu'une hâte, se retrouver le plus rapidement possible dans les bras de Lucha. Il lui fallait se reposer, oublier cette nuit, revenir à la vie normale. C'était trop tard, rien désormais ne serait plus comme avant. Bien qu'ignorant tout des futurs détours de son existence, Jubilo ne se sentait pourtant le goût à rien, il refusa le plus aimablement qu'il put l'invitation d'aller célébrer sa victoire en dégustant un bon ragoût de cabri au marché, et prit congé de la compagnie. Célébrer quoi, alors que selon lui, il était au-dessous de zéro. Il avait perdu le contact avec les nombres qui faisait de lui une véritable antenne réceptrice, il avait déshonoré la profession de télégraphiste, c'est-à-dire tout ce qu'il considérait comme ses plus grandes réussites dans la vie. Même le soleil ne le réchauffait plus, et ce n'était pas une métaphore : une pluie légère, le *chipi chipi* comme les gens du cru l'appellent, mouillait doucement les rues, sans bruit, désagréable néanmoins. L'atmosphère humide et maussade s'accordait avec l'état d'âme de Jubilo. Il avait mal jusque dans la moelle de ses os ; les nuages formaient un obstacle, il souffrait de ne plus voir le soleil, de ne pouvoir se mettre en relation avec lui, soulager sa peine à la chaleur de ses rayons. Soudain, comme si le ciel compatissait, le plafond gris et bas se dégagea, laissant poindre les premières lueurs de l'aube. Jubilo s'immobilisa instantanément. Depuis de nombreuses années, c'était son habitude de saluer le soleil comme s'il accomplissait un rituel. Sa grand-mère lui avait appris à le vénérer, et il observait ponctuellement la tradition, à tel point qu'il lui était indispensable, avant de commencer sa journée de travail, de recevoir la bénédiction de l'astre central. Les bras levés, il se livra à ses salutations habituelles, mais, contrairement à l'ordinaire, il ne reçut pas de réponse. Le soleil ne lui parlait plus. C'était certainement pour lui donner une leçon. Jamais il n'aurait dû utiliser sa capacité de médiateur, de récepteur et de communicateur pour quelque chose d'aussi superficiel qu'un jeu de cartes, ni exploiter pour son propre bénéfice une information confidentielle. Toutefois, la sanction qui lui était infligée était quelque peu exagérée. Il avait failli, mais ça ne valait pas la peine d'en faire toute une histoire, et puis c'était la première fois. En se perdant en conjectures, Jubilo se leurrait. Tout cela en réalité n'avait rien à voir avec la faute qu'il avait commise.

Le soleil n'avait pas cessé de lui parler, il l'avait encore moins châtié. Ce qui se passait, c'était que la Terre était affectée par des phénomènes engendrés par le Soleil. En effet, quand des taches solaires sont visibles, les transmissions radio sont perturbées, il devient alors très difficile de capter correctement les ondes. Cette année de 1937, le soleil était en pleine activité, il était donc impossible que Jubilo ait pu s'y relier efficacement. Ce phénomène expliquait pourquoi il n'avait pu intercepter les ondes de pensée de don Pedro pendant la partie de poker et pourquoi il éprouvait des difficultés à comprendre Lucha, qui souffrait comme personne de l'apparition des taches solaires puisqu'elle appartenait au champ magnétique du nord. S'il avait su cela, il se serait épargné bien des problèmes. Il aurait surtout compris que parfois la bonne volonté ne suffit pas pour pouvoir établir une bonne communication avec le cosmos, qu'en cas de taches solaires, il y aura toujours un fil mal connecté, une communication inachevée, un désir ou un autre incapable d'entrer en contact avec le récepteur, et, vagabond, devient une météorite incomprise. Tout cela, Jubilo ne l'apprit que bien longtemps après, quand il suivit une formation d'opérateur radio pour entrer à la Compania Mexicana de Aviacion. Fort heureusement, il n'eut pas à attendre si longtemps pour vérifier que sa capacité à recevoir des messages était intacte, qu'elle n'était absolument pas endommagée. Là-bas, à Veracruz, auprès de Lucha et de ses ancêtres mayas, il en avait eu la preuve. Pendant qu'ils dansaient au rythme de la habanera, il avait reçu un message. Ce message provenait de son épouse. Celle-ci le lui avait envoyé à travers le mouvement de ses hanches, et Jubilo l'avait clairement perçu. C'était magnifique, quand nulle interférence ne brouillait la communication, quand un petit clic produisait une étincelle de compréhension dans le cerveau ! De tels moments n'étaient comparables qu'à un orgasme. Les hanches de Lucha se balançant au rythme des timbales semblaient dire en morse à son époux : « Je t'aime, Jubilo, je t'aime, je t'aime… » En cet instant, rien n'importait, tout était parfait. La chaleur des tropiques, la musique, le solo de trompette, la résonance de leurs cœurs et leur désir…

— Je veux…

— Que voulez-vous, monsieur ? Vous voulez qu'on vous prenne la tension ?

— Je veux…

— Non ? Alors vous voulez qu'on vous relève la tête ?

— Je veux…

— Non ? Le pistolet, alors… ? Ah, j'ai compris, vous voulez de l'eau !

— Je veux… bai-ai-ser ! ! !

— Ah, monsieur ! Quel sauvage vous faites ! Il vaut mieux que vous vous rendormiez… allez, on ferme ses petits yeux… Quoi ? Vous voulez qu'on mette la musique plus fort ? Bon, mais juste un petit peu, parce que sinon vous n'allez pas bien vous reposer, et n'oubliez pas que demain vos amis vont venir vous rendre visite, il faut que vous soyez en forme.

III

Quel désespoir de ne pas comprendre ce que Papa dit. Je suis devant lui comme face à une stèle maya renfermant un monde entier de connaissances indéchiffrables pour le profane. Son profil se détachant sur la lumière du couchant m'apparaît typiquement maya : le front aplati et incliné, le nez aquilin, le menton rentré. Tout à l'heure, il a tourné son visage vers la fenêtre, pour s'évader aurait-on cru. Ne pas pouvoir parler doit lui être insupportable. Ses amis viennent de s'en aller, ils ont laissé derrière eux un goût doux-amer, pour lui plus encore que pour moi. Ces visites sont cependant très révélatrices. Elles me montrent un père que je ne connaissais pas, complètement différent de celui qui m'a appris à marcher et à faire de la bicyclette, celui qui me racontait des histoires, m'aidait à réviser mes leçons, celui sur qui j'ai toujours pu compter. Il est déconcertant de découvrir l'homme qui se cache derrière l'énorme figure paternelle. Un homme étrange, énigmatique, qui a passé la plus grande partie de sa vie active au côté de ses camarades de travail. Capable de s'enivrer, de faire le joli cœur, de flirter avec une secrétaire, il fut autrefois un enfant innocent jouant au ballon sur l'Alameda de Santa Maria la Rivera, puis, adolescent, se délectait au spectacle de ses voisines en train de se déshabiller. Cet homme-là aimait à plaisanter, banqueter, danser, donner la sérénade en compagnie de ses bons amis, ceux dont, sans le vouloir, nous autres ses enfants l'avons d'une certaine manière éloigné. Voir combien ils s'aiment et se comprennent m'a profondément émue, bien qu'au cours de leur visite je me sois parfois sentie évincée par la complicité qui les unit. Une simple phrase les fait rire, leur évoque une anecdote marquante, tel un fil conducteur enfoui. En les observant, tandis qu'ils devisaient gaiement, j'ai compris que leurs plaisanteries et leurs rires dissimulaient une grande douleur. Tous faisaient un énorme effort pour ne pas le laisser paraître, mais il était évident qu'ils avaient le cœur brisé de voir Papa dans l'état où il se trouve. La crainte de subir le même sort les assaillait, indéniablement. Reyes, celui qui était resté le plus longtemps sans le voir, s'est presque mis à pleurer quand il s'est trouvé en sa présence. De mon père, il avait le souvenir d'un homme fort, actif et en pleine possession de ses facultés. Le contraste était dur à supporter, aussi bien que le constat : il ne restait rien du Jubilo grand sportif ni du conteur. Devant lui, il avait quelqu'un d'extrêmement amaigri, prostré dans un fauteuil roulant, presque incapable de parler et ayant totalement perdu la vue. Mon père a fort heureusement conservé son sens de l'humour, grâce auquel tous purent surmonter leur tristesse et passer un après-midi agréable. La présence à la maison de tous ces chers télégraphistes m'a enseigné une chose : mon père chéri n'est pas seulement à moi. Il appartient également à ses amis, aux rues du centre, au marbre de Carrare dont sont faits les escaliers de l'ancien Bureau des Télégraphes, au sable de la plage où il a appris à marcher. À l'air, son élément préféré, auquel il manque tant et qui depuis longtemps n'a pas vibré aux inflexions de sa voix.

Récemment, j'ai reçu la visite de mon fils et de ma bru. Federico et Lorena sont sur le point d'être parents. Le sourire de mon père a été le signe de sa joie en apprenant cette bonne nouvelle. J'ai embrassé et félicité nos enfants, mais la tristesse m'a envahie à l'idée que mon futur petit-enfant ne connaîtrait jamais la voix de son arrière-grand-père. Moi, j'ai eu ce privilège de l'avoir entendu, d'avoir profité de ses paroles d'encouragement. La voix de Papa ! Je me rends compte seulement maintenant à quel point elle me manque. Il m'incombe de la faire parvenir aux nouvelles générations, pour qu'elle ne se perde pas définitivement. Il y a quelques jours, tentant de recueillir un écho, je suis allée parcourir l'ancien quartier de mes parents. J'ai cherché le numéro cinquante-six de la rue de Naranjo, la première maison où mon père a vécu en arrivant à Mexico, et je me suis retrouvée nez à nez avec une maison aussi vieille et détériorée que lui. Jamais la décrépitude d'une bâtisse ne m'avait autant bouleversée. Comment est-il possible que personne ne se préoccupe de préserver le patrimoine national ? Que personne ne se soucie de maintenir en bon état la fontaine de l'Alameda de Santa Maria près de laquelle Papa a appris à patiner ? Et le kiosque mauresque où mes parents se sont embrassés pour la première fois ? La gorge nouée, j'ai traversé le Museo del Chopo, tant de fois visité en tenant la main de mon père ; grâce au Ciel, sa structure de fer, d'acier et de verre lui a permis de résister admirablement à l'épreuve du temps. À l'époque où ce lieu abritait le Musée d'histoire naturelle, il y avait des vitrines où l'on pouvait admirer une merveilleuse collection de puces habillées. À part celle qui était vêtue du costume traditionnel de la région de Puebla, mes préférées étaient celles qui représentaient un couple de mariés. Elle tout en blanc sous son voile, un bouquet de fleurs à la main, lui portant un costume noir et des guêtres. Je disais chaque fois qu'ils ressemblaient à mes parents le jour de leur mariage, juste pour provoquer l'hilarité de mon père. J'adorais la manière dont son éclat de rire résonnait dans la haute nef de verre du musée. Ensuite je suis allée revoir le grand bâtiment qui fut pendant des années le lycée français, où ma mère a fait ses études. Je me suis appuyée à un arbre situé exactement en face de l'entrée, de l'autre côté de la rue, ainsi que mon père a dû le faire des milliers de fois, attendant la sortie des « jolies pouliches », comme on appelait les demoiselles tirées à quatre épingles dans leur uniforme bleu marine, avec col, manchettes et ceinture blanche finement brodée. Était-ce la nostalgie, la tristesse ou les deux, à ce moment-là quelque chose a surgi en moi. Inexplicablement, cela avait un rapport avec le ton, la texture, la suavité de la voix de mon père. C'était une voix ancienne, aimée, familière. Un murmure à peine perceptible, qui me réconforta immensément. Je me sentis enveloppée, protégée, comme quand j'étais petite et que mon père m'embrassait pour me souhaiter une bonne nuit, en m'appelant « Chipi-Chipi ».

Six heures sonnèrent à l'horloge du Musée de géologie, rompant le sortilège. C'était l'heure de retourner à la maison préparer le goûter de Papa. J'ai marché à grands pas vers la boulangerie La Rosa, qui heureusement est toujours debout, où j'ai acheté des petits pains au sucre. En arrivant, j'ai préparé dans un bol en bois le chocolat à l'eau à la manière de sa grand-mère, et nous avons dégusté les petits pains en écoutant un disque du trio Los Panchos. Soudain j'ai eu une vision, j'ai vu mon père chantant ces chansons ; ma mère m'a dit un jour que Papa avait un trio, et que très souvent lui et ses amis lui avaient donné la sérénade. Que s'est-il passé pour qu'il n'ait plus jamais touché une guitare ? Pourquoi ne l'ai-je jamais entendu chanter des chansons d'amour ? Il me faudra apprendre à écouter son silence pour trouver les réponses. Je sens mon père absent, plongé dans ses souvenirs. Il me renvoie à une image gravée dans ma mémoire, celle des après-midi où il se préparait un rhum-coca avant de s'asseoir dans son fauteuil préféré pour écouter son disque de Virginia Lopez en fumant une cigarette. Dans ces moments-là, je n'aimais pas m'approcher de lui, je n'en voyais pas la nécessité. J'éprouve la même chose maintenant. Dans son regard je reconnais le désir d'être seul. Après la visite de ses amis, je crois qu'il a besoin de solitude. Je m'éclipse.

Moi aussi j'ai besoin de réfléchir. Une idée me trotte dans la tête. À un moment, pendant la visite d'aujourd'hui, mon père a ressenti un tel désespoir de ne pouvoir s'exprimer librement que son ami Reyes a improvisé un « télégraphe » ; ils purent ainsi « parler » entre eux. L'objet en question ne consistait qu'en deux cuillers superposées que Papa heurtait l'une contre l'autre, produisant des sons susceptibles d'être interprétés par son entourage de télégraphistes. L'expérience ne fut pas tout à fait concluante, mais le dispositif fonctionnait. Cela me fit entrevoir que mon père pourrait communiquer avec nous, qu'il existe un code — le morse — me permettant de déchiffrer le mystère contenu dans cette belle tête maya.

Ma mère dit toujours que dans cette vie il y a une explication à toute chose. Moi, j'aimerais savoir pourquoi mes parents se sont séparés. Pour quelle raison ils ont cessé de se parler. Ce que Papa n'a pas voulu voir, et qui l'a rendu aveugle. Ce qu'il a voulu retenir avec tant de force qu'il en est devenu parkinsonien. Qu'est-ce qui a fait que ces deux cordes d'une même guitare, un jour, n'ont plus vibré en harmonie ? À quel moment ces deux êtres n'ont-ils plus dansé au même rythme ?

IV

Aimer est un verbe. On manifeste son amour au moyen de ses actions. Et une personne ne se sent aimée que quand une autre lui montre son amour par des baisers, des étreintes, des caresses et des gages de générosité. Quelqu'un qui aime s'efforcera toujours de susciter le bien-être physique et émotionnel de l'être aimé. Comment croire qu'une mère aime son enfant si elle ne l'alimente pas, ne prend pas soin de lui, ne le couvre pas quand il fait froid, si elle ne lui fournit pas les conditions propres à son développement et à son indépendance ? Ou qu'un homme aime sa femme si, au lieu de lui donner l'argent du ménage, il le dépense et le gaspille en beuveries et au bordel ? Penser à satisfaire les besoins de sa famille avant les siens est un acte d'amour. C'est peut-être pour cela que les hommes capables de le réaliser apprécient qu'on le reconnaisse et éprouvent une fierté ineffable quand leur épouse leur dit : « Mon trésor, j'adore la robe que tu m'as offerte. » Car ces paroles leur confirment qu'ils ont été capables de choisir avec goût, qu'ils ont pu payer, et ainsi apporter du bonheur à leur couple. Le verbe aimer peut donc être conjugué de deux manières. Soit avec des baisers et des câlins, soit à l'aide de biens matériels. Donner à manger, offrir des études, assurer l'habillement et le gîte représentent aussi des actes d'amour. En embrassant ou en achetant une paire de chaussures, nous disons combien nous apprécions le destinataire de nos faveurs. Les chaussures remplissent la même fonction que les baisers : elles sont une preuve d'amour. Elles ne peuvent en aucun cas se transformer en un ersatz. Sans amour, les biens matériels sont une sorte de contrainte voire de corruption, auxquelles certaines personnes ont recours pour s'attirer les grâces de quelqu'un. S'il est vrai que l'homme ne vit pas seulement de pain, il ne peut pas vivre uniquement d'amour et d'eau fraîche. D'où la tristesse d'être amoureux et pauvre. Si satisfaisante que soit une relation sur les plans émotionnel et sexuel, le manque d'argent peut affecter et miner, peu à peu, la passion la plus grande.

Luz Maria Lascurain, issue d'une famille aisée, avait l'habitude d'être l'objet de toutes sortes d'attentions et de recevoir des cadeaux. Tous les jouets, elle les avait, ainsi que les vêtements les plus luxueux, sans parler des friandises que les enfants convoitent en général. Benjamine d'une famille de quatorze enfants, elle était très gâtée.

Rien ne lui était refusé, y compris le superflu. Les Lascurain avaient toujours joui d'une grande popularité. Le père de Lucha, don Carlos, ne regarda jamais à la dépense dès qu'il s'agissait de bénéficier du confort offert par la technologie. La famille disposa d'un téléphone, et plus tard d'un tourne-disque et de la radio, avant tout le monde dans le quartier. Il était convaincu que l'argent était indispensable pour s'intégrer au monde moderne. Ne lui avait-il pas permis de mettre sa famille en sécurité dans le centre du pays, à l'époque dangereuse de la révolution mexicaine ? Quand Lucha n'avait qu'un mois à peine, ses parents s'étaient installés dans la capitale, passant les années de tourmente à l'abri de la grande maison porfirienne qu'ils avaient achetée à Santa Maria la Rivera. Pour les Lascurain, l'argent était non seulement synonyme de sécurité et de tranquillité mais donnait à leurs enfants l'occasion de profiter du progrès. Il est donc compréhensible qu'ayant grandi dans un tel milieu, Lucha fût persuadée que la tranquillité et l'amour étaient intimement liés à l'argent.

Exactement à l'opposé fut l'enfance de Jubilo. Chez lui, le manque d'argent ne représenta jamais un obstacle aux manifestations d'amour de ses parents. Bien que ne disposant que du strict nécessaire, toute la famille vécut toujours entourée d'amour. Don Librado, après le désastre économique subi quand l'usine exportatrice de sisal fit faillite, dut lui aussi abandonner sa province natale pour s'établir dans la capitale — dans des conditions bien différentes des Lascurain. L'argent qu'il avait mis de côté ne dura pas longtemps. Ses enfants furent contraints de fréquenter les écoles publiques et de renoncer à tout désir de luxe, tandis que lui-même réfléchissait à deux fois avant tout achat. Jubilo n'en souffrit jamais, bien au contraire. Pour lui, posséder des vêtements et des meubles, loin d'être un but enviable, réduisait l'homme à l'esclavage. À quoi bon acquérir trop de choses, puisque chacune d'elles réclame un minimum d'attention et que tôt ou tard les objets exercent une tyrannie difficile à supporter : ils exigent des soins, il faut les protéger contre la convoitise d'autrui, les maintenir en bon état. La possession implique une dépendance, et Jubilo se sentait trop libre pour acheter ce qui ne serait qu'entraves. Il évitait de faire des cadeaux coûteux, d'abord parce que ce n'était pas indispensable pour démontrer son affection envers qui que ce soit, ensuite parce que c'était pour lui l'équivalent d'un boulet au pied, à moins, naturellement, qu'il ne s'agisse d'une denrée périssable comme des fleurs ou des chocolats. Un objet n'avait de valeur qu'en fonction de ce qu'il signifiait pour celui qui l'offrait, et non à cause de son prix. Jubilo n'attribuait aucune importance à l'argent, et n'aurait jamais eu l'outrecuidance de jauger l'amour à cette aune. Une sérénade donnée en pleine nuit à sa bien-aimée, n'était-ce pas infiniment plus précieux qu'un bracelet de diamants ? On prouvait ainsi qu'on était prêt à se passer de sommeil, à affronter le froid, à courir le risque d'être attaqué ou de recevoir le contenu d'un pot de chambre sur la tête. L'argent tenait un rôle de loupe, déformant la réalité et conférant aux choses une dimension démesurée. Combien valait une lettre d'amour ? Beaucoup, aux yeux de Jubilo. Au nom de l'amour, il était prêt à donner tout ce qu'il avait dans les tripes, jusqu'au sacrifice. Il n'existait pas pour lui de force vitale plus essentielle que l'amour. Sous son impulsion, on s'oubliait, on pouvait atteindre l'autre, le toucher, s'unir à lui en l'autorisant à prendre entière possession de soi. L'argent n'y faisait rien, seul comptait le désir. Qui mieux que lui savait que l'origine des désirs et des mots est la même, que tous deux bâtissent des ponts, tissent des liens, créent la communication ? Dans n'importe quel mot, fût-il écrit ou parlé, Jubilo trouvait cette possibilité de sortir de soi, d'en extraire un message destiné à un autre être humain. Ceux qu'il préférait, bien sûr, étaient les mots voyageurs, qui traversaient l'espace et portaient loin, à des années-lumière.

La radio le fascinait. La première fois qu'il entendit une voix sortir d'un appareil, il crut à de la magie. Fernando, son frère aîné, avait acheté un poste de TSF qui fut inauguré en grande pompe. C'était un appareil tout en longueur, dans lequel on pouvait brancher huit écouteurs que les auditeurs devaient utiliser, les haut-parleurs n'ayant pas encore été inventés. Les huit personnes, entendant la même chose au même moment, assises les unes à côté des autres, se sentaient tout particulièrement unies et se lançaient des regards de complicité. Jubilo ne vit fonctionner des postes de radio dotés de haut-parleurs qu'après son arrivée à Mexico. Cette expérience avait été le point culminant d'une journée pas comme les autres, dont le souvenir l'émouvait énormément. On était en 1923. Don Librado, son père, avait décidé de l'emmener explorer la ville où il allait désormais vivre. Pour le gamin qui venait d'arriver à Mexico, tout était nouveau, il n'avait pas assez d'yeux pour regarder. Surtout, il découvrait la solitude. Le climat tropical lui manquait beaucoup, ainsi que la compagnie de ses neveux, la délicieuse cuisine du sud-est, et, enfin, l'accent du Yucatán. Dans la capitale, on parlait différemment. Jubilo se sentait comme un étranger dans son propre pays. La visite se fit en calèche, louée pour l'occasion, sa mère les accompagnait. Une pluie tenace se mit à tomber et ne cessa plus durant le trajet. Le cocher déploya la capote couvrant en temps normal la partie arrière du véhicule, afin de protéger ses passagers. Jubilo devait la soulever de sa main pour pouvoir observer le paysage. Les rues mouillées ajoutaient à la beauté et au charme de Mexico. Alors peu étendue, la ville s'arrêtait côté est à la gare San Lazaro, aujourd'hui la chambre des députés. La limite ouest était formée par le Rio Consulado, la Tlaxpana et ce que l'on connaît aujourd'hui sous le nom de Circuito Interior, tandis qu'au nord, c'était le Puente de Alvarado où se trouvait la gare de Buenavista et au sud la gare Colonia, aujourd'hui rue Sullivan. L'excursion raviva l'enthousiasme de l'enfant qui sut qu'il lui serait possible de vivre loin de la mer.

Le raclement des roues de la calèche sur les pavés était un substitut merveilleux au clapotis qu'il connaissait si bien. La ville, en manière de bienvenue, lui avait offert ses meilleurs bruits. Jubilo s'aperçut avec grand plaisir que les rues étaient pleines de grincements, de murmures, de crépitements, de brouhaha. Et, pour couronner cet après-midi si exceptionnel, de retour à la maison il avait trouvé Chucho, son voisin, qui, désireux de sceller leur amitié, l'avait invité à écouter un programme de radio chez lui. Tous les copains du quartier s'étaient donné rendez-vous là ce 8 mai 1923, à l'occasion du premier concert transmis dans la République par les soins de la station émettrice La Casa del Radio, propriété du journal *El Universal Ilustrado*. Cette nuit-là, ses oreilles s'ouvrirent à tout un univers. Incroyablement, les voix des locuteurs se transformaient en présences, leur compagnie atténuait la nostalgie qu'il ressentait d'avoir quitté amis, école, famille. Son amitié avec Chucho grandissant, ils passèrent des moments fantastiques, après leurs jeux, à écouter de la musique. Ils devinrent inséparables, et Jubilo suivit Chucho partout où il émigra, les parents de ce dernier semblant éprouver une étrange fascination pour les déménagements. Ils changeaient de maison pour le plaisir, à la moindre anicroche. Fort heureusement, ils restaient à l'intérieur des limites du quartier, et l'amitié entre les deux petits garçons n'en fut aucunement affectée — seul changeait le nombre de pas ou de pâtés de maisons qui les séparait l'un de l'autre. Au fil des ans, la seule chose qui s'altéra fut la fréquence de leurs rencontres. Jubilo, étant entré au lycée avant Chucho, fut plongé dans un monde d'obligations et de tâches scolaires. Les billes, la toupie, le ballon et le bilboquet passèrent à la trappe et ne furent plus que des souvenirs. Cela ne l'empêcha pas d'aller chercher son cher ami toutes les fins de semaine pour aller au cinéma, faire de la bicyclette ou fumer en cachette. Les vacances, Jubilo les passait toujours au Yucatán auprès de sa famille.

Ce fut au retour d'un de ces séjours qu'il constata que Chucho avait à nouveau déménagé. Voulant l'épater avec sa moustache naissante, il décida d'aller lui rendre visite dès que possible. En chemin, il se sentit l'estomac noué. C'était la première fois que cela lui arrivait. Il ne parvenait pas à se l'expliquer. Ce n'était pas douloureux, juste une espèce de tremblement, comme si cela voulait lui annoncer quelque chose. Un pressentiment, ou une crainte. Au coin de la rue, il distingua Chucho ; ils se saluèrent d'un geste. Chucho était en train de discuter avec deux amis, un garçon et une fille. À mesure qu'il s'approchait du groupe, la crainte, ou la peur, se fit plus pressante. Il fut tenté de faire demi-tour pour prendre ses jambes à son cou, mais Chucho l'avait déjà vu et, de plus, ils semblaient tous trois en train de l'attendre. Brusquement, il se souvint de la façon dont les colombes qui vivaient sur le toit de sa maison s'étaient enfuies un matin, pressentant le tremblement de terre qui peu après devait secouer la ville de Mexico. Avant de franchir les derniers mètres, il comprit. Devant lui se trouvait la jeune fille de treize ans la plus belle qu'il eût jamais vue. Chucho présenta Luz Maria Lascurain et son frère Juan à Jubilo. Au moment où il serra la main de la jeune fille, une douleur fulgurante à l'estomac le plia presque en deux. Le contact avec cette peau le bouleversa totalement et lui ôta pour toujours le sommeil. Souriante, Luz Maria lui précisa qu'elle préférait qu'on l'appelle Lucha. Jubilo voulut parler, mais quand sa bouche s'ouvrit après un gros effort, il laissa échapper un couac plaintif. Tous pouffèrent. La voix de l'adolescent était en train de muer. Rouge de confusion, il prit le parti d'en rire lui aussi, mais moins à cause de son ridicule que de l'immense plaisir que lui avait donné la découverte d'un son nouveau. Le son de l'amour. C'était un murmure qui rappelait les rires, les vagues se brisant, une explosion d'allégresse se mêlant au bruissement des feuilles sèches emportées par le vent, la musique sacrée qui vibrait dans son ventre, ses cheveux, dans toute sa peau et dans ses oreilles. Tout étourdi, il resta un long moment sans voix, et ne reprit ses sens que lorsque Lucha, enchantée par son rire, l'invita à venir chez elle écouter le dernier disque de Glenn Miller. Il s'empressa d'accepter, et ensemble ils se dirigèrent vers la maison des Lascurain, une famille joyeuse, généreuse, accueillante. Dans le cas de Jubilo, ils ne firent pas exception et le reçurent à bras ouverts, le traitant immédiatement comme l'un de leurs intimes. Le jeune homme leur en fut immensément reconnaissant pour plusieurs raisons, l'une étant l'occasion qui lui était donnée de se faire de nouveaux amis, outre la possibilité, par ailleurs, d'écouter la radio et le phonographe, appareils qui n'existaient pas chez lui. Enfin — c'était la raison principale —, il pouvait rester près de Lucha, l'être qui hanterait à partir de ce moment toutes ses nuits. Bien qu'ayant deux ans de moins que lui, elle était, comme il est fréquent chez les jeunes filles de cet âge, plus précoce. Alors que Jubilo commençait à peine à changer de voix et arborait un ridicule duvet sur la lèvre supérieure, les seins de Lucha s'épanouissaient, appétissants, et ses hanches n'avaient rien à envier à celles d'une vraie femme. Jubilo rêvait d'elle toutes les nuits, et chaque matin s'éveillait dans un lit mouillé. Elle excitait ses fantasmes érotiques les plus débridés. Le monde tournait autour de Lucha, se teintait de reflets chatoyants.

Peu de temps après leur rencontre, Jubilo, qui était en cinquième, apprit en cours de physique que le magnétisme terrestre était produit par le fer en fusion du noyau. Le professeur avait expliqué à la classe que le sang des humains aussi bien que celui des animaux contenait un élément appelé magnétite. Ce métal permettait de capter l'énergie électromagnétique de la terre et fonctionnait mieux chez certains. Cela expliquait pourquoi les animaux, « pressentant » les phénomènes souterrains tels que les tremblements de terre, s'enfuyaient avant d'être emportés par la catastrophe. Jubilo se souvint du jour où il avait fait la connaissance de Lucha. À coup sûr, sa magnétite personnelle était entrée en concordance avec le centre magnétique de Lucha et avait essayé de le mettre en garde contre le désastre, de l'informer que sa vie était en danger — à tout le moins la vie qu'il avait menée jusque-là. Son histoire personnelle arrivait à un tournant crucial : avant et après Lucha. Cette rencontre avait sans aucun doute changé son existence pour toujours. Le fer qui circulait dans le sang de Lucha devait être très spécial, s'il parvenait à produire un magnétisme si semblable à celui de la terre. Cette jeune personne attirait le désir des hommes comme le nectar les abeilles. En l'absence de réponse, ces désirs continuaient de graviter autour d'elle, accroissant son magnétisme naturel, qui atteignait des niveaux alarmants. Il n'y avait personne dans le quartier qui ne voulût être son fiancé, ne désirât lui donner son premier baiser d'amour, se fondre en elle. L'élu fut Jubilo. Au bout de quelques mois, lors d'une *posada* de Noël, il lui avait déclaré son amour, et à la surprise générale l'inaccessible Lucha l'avait accepté. Jubilo fut d'abord le plus respectueux des fiancés, lui tenant simplement la main et se contentant de petits baisers légers sur la bouche. Peu à peu, il s'enhardit. Lucha se souvenait parfaitement de la première fois où Jubilo introduisit sa langue. Ce fut une sensation très étrange, agréable ou non, elle ne le savait pas vraiment. Le lendemain, en tout cas, elle n'avait pu le regarder dans les yeux sans rougir. De là, ils en étaient venus à s'étreindre longuement en s'embrassant. Avec le temps, la confiance aidant — pour ne pas dire la fièvre —, ils se serrèrent de plus en plus étroitement dans les bras l'un de l'autre, au point que Lucha commença à sentir contre son pubis le membre viril en érection. Lorsque la main de Jubilo glissa timidement le long du dos, les problèmes commencèrent pour la jeune fille qui était habituée à obtenir tout ce qu'elle voulait. Maintenant qu'elle brûlait du désir que Jubilo la caresse non seulement dans le dos mais également un peu plus bas, elle devait se retenir de le lui demander. Il se passait la même chose quand Jubilo lui prenait la main pendant qu'ils écoutaient de la musique, assis dans le salon. Parfois, sans le vouloir, tout en le voulant, Jubilo effleurait de la main les jambes de Lucha, dont la peau frémissait. Ah ! Que ne les caressait-il franchement, que ne s'aventurait-il jusqu'au jardin des délices ? C'était hors de question. Les conventions sociales s'y opposaient. Après le départ de Jubilo, Lucha se retrouvait invariablement la culotte trempée, les joues en feu, la respiration haletante. Chaque jour, ils cherchaient avec une urgence décuplée l'occasion d'être seuls, mais y arrivaient rarement, un importun ne manquant jamais de venir les observer — l'un des frères encore célibataires de Lucha, ses parents ou quelque domestique.

Le moment tant attendu se présenta un jour. Une sœur de don Carlos venait de mourir, toute la famille était allée aux funérailles. Lucha était restée à la maison à cause d'une terrible migraine — due en fait au désir réprimé qui s'était accumulé tout au long de leurs sept années de fiançailles. Jubilo arriva pour sa visite habituelle. Ils s'installèrent au salon. Pendant qu'ils écoutaient un disque de Duke Ellington, Lucha saisit la main de Jubilo, qu'elle plaça directement sur ses seins. Mi-surpris, mi-satisfait par l'invitation cordiale, Jubilo ne se fit pas prier et se montra aussi tendre que passionné. Lucha sut alors que le moment était arrivé de se marier ; elle comprenait maintenant pourquoi il était inconvenant qu'une demoiselle autorise son fiancé à lui prodiguer ce genre de caresses. Les amoureux étaient arrivés à un point de non-retour. La passion allait irrémédiablement croître. Lucha n'en pouvait plus. Elle était fatiguée de résister à l'appel de la chair. Par ailleurs, en s'abandonnant dans les bras de son fiancé, elle ne pourrait se marier vierge comme ses parents le souhaitaient. Qu'une femme cesse d'être pure en perdant sa virginité signifiait que le pénis serait la chose la plus impure du monde. Quelle absurdité ! Pendant de nombreuses années, les religieuses de son école lui avaient enseigné que Dieu avait fait l'homme à son image. Le corps humain étant une émanation de la divinité, aucune de ses parties ne pouvait être impure. Et penser que Dieu avait donné des mains à l'homme pour qu'il ne touche pas et un clitoris à la femme pour qu'elle n'en fasse rien était absurde. Bien évidemment, elle n'avait jamais songé à utiliser de tels arguments pour convaincre ses parents de la laisser se marier avec Jubilo. Non. Elle parvint cependant à les convaincre de la force de sa passion. Elle était tellement éprise qu'ils ne pouvaient qu'accéder à sa requête, bien que Jubilo, à vingt-deux ans, ne puisse lui offrir un avenir prometteur.

Lucha était arrivée à ses fins, mais à présent qu'elle avait obtenu ce qu'elle voulait tant, elle se rendait compte que beaucoup de choses lui manquaient encore. Elle n'avait pas prévu qu'il était si difficile d'être mariée, qui plus est à un homme pauvre. Ses parents l'avaient prévenue, mais on n'écoute guère les conseils des parents quand on est amoureux et surexcité de surcroît. Les moments qu'elle passait au lit avec Jubilo étaient merveilleux. Quand il partait travailler, elle restait seule. Dès qu'il avait refermé la porte derrière lui, la maison retombait dans le silence. Les rires s'en allaient avec lui. Lucha n'avait personne à qui parler. Sa famille lui manquait, ses amies également. Elle regrettait le bourdonnement incessant régnant dans la demeure de ses parents, la voix des crieurs publics, les trilles des canaris, ses disques. Si au moins elle avait une radio, elle ne se sentirait pas si seule. Elle n'en avait pas, ni ne voyait comment s'en procurer une car Jubilo épargnait jusqu'au dernier centime, dans l'intention d'acheter une maison. Chaque jour, Lucha était en proie à une grande nostalgie. À qui confier ses préoccupations ? Elle n'avait pas le temps de nouer des relations poussées dans les petits villages où le couple se rendait et ne restait qu'un mois. En outre, les provinciaux étaient très fermés et cancaniers, La jeune femme ne se rendait pas compte que sa seule présence était en soi un scandale. Sa coupe de cheveux, sa manière de s'habiller semblaient copiées d'une revue de mode et faisaient murmurer. Les gens aiment critiquer ceux dont le comportement est différent, et elle était une cible parfaite. Une femme jeune, belle, habillée comme une actrice de cinéma, et qui conduisait sa propre automobile ! Elle ne pouvait qu'attirer l'attention. Ce fut pire à Huichapan. La pluie la plongeait dans des états de mélancolie profonde. Elle avait soif de soleil. Depuis sa tendre enfance, sa mère lui avait enseigné que le soleil purifiait et blanchissait les vêtements. Pour Lucha, son pouvoir purificateur allait, au-delà, le soleil lavait aussi les impuretés de l'âme. Dans sa maison de Mexico — enfin, dans son ex-maison, la maison de ses parents —, elle avait toujours pu aller s'allonger au soleil dans le jardin quand elle éprouvait le besoin de chasser la tristesse de son cœur. Pour une jeune fille ayant grandi entourée de cajoleries et de flatteries, la vie au côté de Jubilo était difficile à supporter. Le défaut d'amour ou d'attentions n'y était pour rien. Seulement, elle avait envisagé autrement sa vie de femme mariée. Elle s'était imaginé que, tout comme sa mère, elle aurait des servantes qui se chargeraient des tâches domestiques pour qu'elle puisse s'occuper uniquement de jouer du piano, recevoir ses amies et aller faire des emplettes. Ses parents l'avaient élevée pour être une petite princesse, elle avait étudié dans une institution pour jeunes filles où elle avait appris à parler anglais et français. Elle savait jouer du piano, broder et mettre la table selon les règles. Elle avait pris des cours de haute cuisine, savait donc cuisiner, mais sur un réchaud à gaz, non à charbon, et maîtrisait parfaitement la cuisine française, pas la cuisine mexicaine. Du Mexique, en réalité, elle connaissait fort peu de chose, et de son art culinaire moins encore. Pour elle, le pays se réduisait à sa capitale voire aux limites du quartier qu'habitait sa famille. Elle croyait que dans tous les foyers de la République mexicaine on mangeait comme chez ses parents et que les restes du jour se conservaient dans un réfrigérateur. Jamais elle n'aurait imaginé que, si elle voulait en se levant le matin se préparer une tasse de café, il lui faudrait d'abord allumer le feu de la cuisinière, ce qu'elle ne savait pas faire. Aucune des études qu'elle avait suivies ne lui était utile. Ce qu'aucun maître ne lui avait enseigné auparavant, elle devait l'apprendre maintenant. Pour commencer, la nourriture non réfrigérée s'avariait, pourrissait, commençait à grouiller de vers. Survivre sans réfrigérateur requérait un esprit très organisé. Il importait de savoir quoi acheter et en quelle quantité. Son éducation raffinée ne lui servait pas plus quand il s'agissait de laver ses vêtements dans l'évier. Elle n'avait pas la moindre idée de la façon dont il fallait s'y prendre. Chez elle, sa mère avait une machine à laver à essoreuse, le modèle le plus récent. Laver à la main était une autre paire de manches. D'un autre côté, aucun des vêtements de sa garde-robe n'était adapté aux tâches domestiques. Elle se sentait complètement déplacée, un éléphant dans un magasin de porcelaines.

Son époux était sa seule consolation. Elle pouvait compter sur son soutien indéfectible. À ses côtés, tous les problèmes s'évanouissaient. Ce Mexique qu'elle n'avait jamais connu se révélait sous son jour souriant. Aller manger avec Jubilo dans un marché était une fête, même le crottin de cheval avait un parfum de rose. C'est ainsi qu'elle fit la connaissance du Mexique profond, le Mexique oublié, celui de la province, des pauvres, des Indiens. Le pays se couvrait peu à peu de voies de chemin de fer et de poteaux télégraphiques, véritable toile d'araignée qui se ramifiait sur tout le territoire. Irrésistiblement, Lucha se faisait penser à une mouche, que l'araignée, cette force occulte se cachant derrière le progrès, était sur le point d'attraper. Les changements qu'elle vivait et ceux dont elle pressentait la proximité avivaient chez elle une inquiétude incessante. Elle n'avait pas été suffisamment préparée pour affronter un monde qui lui semblait si nouveau. Le manque d'argent, surtout, l'affectait. Ah ! si elle en avait, comme tout serait plus facile ! Elle pourrait s'acheter des jupons et des châles, paraîtrait moins déplacée quand elle allait au marché. Sa collection de bas de soie n'avait pas résisté à la rudesse des sacs de sisal dont elle se servait pour faire les courses. Sa nouvelle vie exigeait qu'elle s'habille autrement, qu'elle adopte une coiffure et des chaussures différentes, mais elle n'avait pas d'argent. En se mariant avec Jubilo, elle savait qu'elle s'unissait à un homme très jeune et très pauvre. À l'aube de sa carrière de télégraphiste, il ne bénéficiait pas encore de situation stable. Jamais Lucha ne se serait doutée de toutes les implications de son choix. Sa passion l'avait aveuglée. Il lui fallait en assumer les conséquences, oublier sa vie d'enfant gâtée. Finie l'aide de sa mère, de ses frères, de sa gouvernante, terminée l'aide économique de son père. Elle devait se débrouiller seule. Allumer la cuisinière le matin, préparer les repas au feu de bois, laver les vêtements à la main, manier le chiffon, secouer la poussière tout en se passant de parfum, de pâte dentifrice, afin que Jubilo ne s'aperçoive de rien. Profondément bon avec elle, lui donnant tout ce qui était en son pouvoir, c'est-à-dire peu, mais avec amour, il ne méritait nullement qu'elle lui jette son insatisfaction à la figure. Il faisait tant d'efforts pour la rendre heureuse. Du moment qu'elle était auprès de lui, rien n'avait plus d'importance, la nostalgie de sa vie passée s'évanouissait, elle oubliait ses regrets de ne plus habiter le quartier correspondant à son milieu social, avec ses fêtes, ses gramophones, ses postes de TSF. À peine se retrouvait-elle seule qu'elle se mettait à pleurer ; ses larmes devenaient plus amères encore quand elle comptait l'argent dont elle disposait pour les achats quotidiens. Rassemblant jusqu'au dernier centime, elle se devait d'en tirer le meilleur parti. Devant les éventaires, elle calculait mentalement l'état de ses ressources, exerçait son imagination afin de trouver la meilleure manière de composer un repas complet avec une quantité minimum d'ingrédients. Tout en rentrant, son sac rempli du strict nécessaire, elle réfléchissait aux différentes façons d'accommoder ces denrées, allait-elle utiliser une recette qu'elle connaissait déjà ou essayer celle que la marchande lui avait conseillée, mais pas un seul instant elle ne cessait de penser au jour où les difficultés pécuniaires disparaîtraient de sa vie.

La nuit où Jubilo avait gagné au poker, Lucha crut que ce moment était arrivé. Prise de frénésie, elle s'apprêtait à dépenser tout l'argent, mais son mari l'en empêcha. Ce fut leur première dispute : furieuse, Lucha reprocha à Jubilo de ne pas se rendre compte qu'elle manquait d'un tas de choses ; lui, rétorqua que c'était précisément la raison pour laquelle il était indispensable d'épargner un maximum. Ainsi, ils pourraient s'acheter en peu de temps une maison décente, aussi près que possible de la famille de Lucha, afin que la jeune femme puisse renouer avec sa vie d'avant. Elle vivait dans l'instant, lui se projetait dans l'avenir. Elle cherchait des palliatifs, lui une solution définitive au problème. Après des échanges un peu vifs, ils s'entendirent sur un *modus vivendi*. Lucha s'achèterait deux jupes et un châle, et acceptait de ne pas toucher au reste de leurs économies. Le simple fait de pouvoir acquérir de nouveaux vêtements enchanta cette dernière. Elle découvrit le châle, vêtement aussi utile que beau, qui lui changea la vie et accéda rapidement au statut d'accessoire indispensable. Son châle fièrement enroulé autour du cou, elle se sentait une autre femme. C'était son premier achat depuis leur mariage. Dans son exaltation, elle s'était également offert des bougies. Sur le comptoir de la boutique, à côté des piments au vinaigre, un bocal plein d'olives dont le parfum inondait la boutique éveilla en elle l'irrépressible envie d'en croquer quelques-unes. Depuis combien de temps n'avait-elle pas mangé d'olives ? C'était le moment ou jamais. Elle en demanda cent grammes mais, en ouvrant son porte-monnaie, s'aperçut qu'elle avait juste assez d'argent pour payer les bougies. Lucha comptait laborieusement ses derniers centimes quand don Pedro entra dans la boutique. Saisissant instantanément la situation, sans l'ombre d'une hésitation, il sortit de sa poche la somme due par l'épouse de Jubilo, et la posa sur le comptoir avec ces mots :

— Permettez-moi de vous rendre service.

Aucun sourire n'aurait pu rendre avenant le visage antipathique auquel Lucha fit face en se retournant, et qui appartenait bel et bien à l'homme que son mari avait défait au poker. Délicatement mais fermement, elle repoussa les pièces de monnaie et répondit :

— Il n'en est pas question. Vous êtes très aimable, mais ne prenez pas cette peine. Je reviendrai tout à l'heure payer.

— Une femme aussi jolie que vous ne mérite pas de marcher sous la pluie ! Je vous en prie, acceptez mon aide respectueuse !

— Je vous répète que je vous remercie, mais ce n'est pas nécessaire. Cela ne me coûte rien de rentrer chez moi et de revenir, car en voiture on ne se mouille pas.

— Bon. Mais il ne me paraît pas correct de vous obliger à revenir. S'il vous plaît, ne me refusez pas cela, trois centimes ce n'est rien, il n'y a pas de quoi fouetter un chat. Accordez-moi l'honneur de pouvoir vous être utile.

Coupant court à la discussion, don Pedro saisit la main droite de Lucha, y déposa un léger baiser. Cette dernière ne sut que faire. Il était évident que cet homme n'avait pas l'habitude de s'en tenir à une réponse négative. L'envie d'olives se faisant d'autre part plus pressante, Lucha prit le parti de lancer un « merci » rapide, avant de prendre sa marchandise et de sortir. Elle avait la sensation d'avoir fait quelque chose de mal. Le sourire de satisfaction qui s'était dessiné sur le visage de don Pedro ne lui plaisait guère. Ce qu'elle ignorait, c'était que celui-ci avait découvert le talon d'Achille de Jubilo. Il l'attaquerait par là.

Les olives n'étaient pas aussi bonnes que Lucha l'aurait voulu. Tremblante, bouleversée, elle fut prise de nausée. Des sentiments contradictoires qu'elle n'arrivait pas à identifier l'assaillaient. Pourquoi cette honte, comme si elle avait trahi Jubilo, comme si elle avait ouvert les portes de sa maison au diable lui-même. Une menace planait, quelque chose de redoutable, qu'elle ne connaissait pas encore. Le pressentiment la mettait dans un état d'agitation et de détresse physique sans précédent — peut-être proche de ce qu'elle avait ressenti le jour où on lui avait présenté Jubilo, mais cette fois-ci, ce n'était plus un gouzi-gouzi. Alors, elle avait tremblé certes, mais de façon agréable. À la manière d'un tambour sur lequel on frappe. De saisissement, elle avait frémi un bon moment. La différence était que, la première fois, elle était entrée en syntonie avec l'énergie amoureuse que Jubilo lui avait envoyée, tandis que maintenant elle entrait en concordance avec une partie cachée, obscure, ignorée, niée d'elle-même, mais bien présente. Aux aguets, prête à l'ébranler de fond en comble, à la faire « résonner » avec fureur, à la connecter avec le soleil noir, avec la lumière luciférienne, cette énergie inconnue s'était totalement emparée de son âme. Elle ne pouvait chasser de sa mémoire la désagréable sensation que lui avait produite l'effleurement des lèvres de don Pedro sur sa main. Ce souvenir l'écœurait. Ce baiser faisait d'elle une pécheresse. Dès l'instant où elle l'avait reçu, eût-on dit, elle avait perdu son innocence, sans espoir de jamais redevenir ce qu'elle était. Pour se calmer, elle se dirigea vers le Bureau des Télégraphes. Entendre le rire sain de Jubilo. Se sentir propre. Elle ne pourrait effacer cette pénible expérience qu'en compagnie de son époux. Avec lui, tout devenait lumineux.

Jubilo se réjouit de cette visite inattendue. Son sourire fit momentanément oublier à Lucha toutes ses préoccupations. Les yeux du jeune homme. En une fraction de seconde ils eurent le même effet que les rayons du soleil. À nouveau elle se sentit telle qu'avant, propre, pure, légère, comme lorsqu'elle allait se purifier l'âme dans le jardin de sa maison d'antan. Jubilo lui demanda de l'attendre quelques minutes, le temps de s'occuper d'une cliente. C'était bientôt l'heure de déjeuner, ils rentreraient ensemble à la maison. Lucha accepta de bon cœur, et s'éloigna de quelques mètres du comptoir par souci de discrétion. La dame en question était une commerçante du marché qui se trouvait dans la situation qu'elle-même venait de vivre — elle n'avait pas apporté assez d'argent pour payer son télégramme. Les yeux de Lucha se remplirent de larmes ; elle tourna son regard vers la rue, afin que Jubilo ne s'aperçoive de rien. Précaution inutile, son mari n'ayant d'yeux que pour ce qu'il était en train d'écrire. Avec la générosité qui le caractérisait, il avait suggéré à la dame de le laisser rédiger le message différemment, de façon qu'elle pût le payer. Le message initial était : « Je sais que je vous dois de l'argent, et je n'ai pas pu vous payer. Pourtant j'ai besoin de dix caisses de tomates. Je vous prie de me les envoyer. Quand je les vendrai, je vous paierai tout ce que je vous dois. » Après l'intervention de Jubilo, il se réduisit à ceci : « J'ai conclu une bonne affaire. En vendant dix caisses de tomates je pourrai payer ce que je vous dois. Envoyez-les d'urgence. » Outre les mots économisés, Jubilo se chargea de corriger les fautes de syntaxe de l'humble femme. Mieux : par la suite, il fit en sorte qu'elle reçût effectivement la marchandise escomptée. L'inconvénient fut que Lucha eut tout le temps de rester seule avec ses pensées et de se lamenter. Ce qui lui était arrivé, c'était à cause du manque d'argent. À quelques centimes près, elle aurait pu éviter de devenir la débitrice de don Pedro. Les difficultés économiques étaient la source de toutes sortes de malheurs, la mésaventure dont elle avait été la victime en témoignait. Elle s'identifiait complètement à la marchande de légumes. Soudainement exposée à la pauvreté, elle se sentait vulnérable, sans défense, complètement désemparée. Dépendre d'un homme sans argent l'effrayait. Le monde était fait pour les riches, il n'y avait pas de place pour les autres. L'origine de la révolution mexicaine lui apparaissait maintenant clairement. La pauvreté était une chose épouvantable. Cette confrontation avec la misère lui révélait la souffrance. Jamais elle n'aurait pu imaginer les conditions dans lesquelles vivaient des milliers de Mexicains si elle n'avait pas été obligée d'accompagner son mari dans ses pérégrinations à travers le pays qui était le sien et qu'elle connaissait pourtant moins bien que l'Europe. Pour se procurer une simple assiette de soupe, mais aussi pour que la terre produise des fruits, pour voyager d'un lieu à un autre, pour construire une maison, dresser des poteaux télégraphiques, pouvoir communiquer avec ceux qu'on aime, l'argent était nécessaire. Dépendre de quelqu'un pour en avoir restreignait la liberté personnelle ; celui qui paye commande. Les nantis déterminent non seulement ce que mange un paysan, comment et en quelle quantité, mais également quel type de maïs celui-ci doit semer, et même l'heure à laquelle pondent les poules ! N'est-ce pas injuste qu'il faille payer pour envoyer un télégramme ? Que les transmissions entre deux personnes soient contrôlées par autrui, alors que la communication devrait être la propriété de tous ? Lucha n'avait pas l'habitude de se laisser dicter sa conduite. Cependant, Jubilo en avait terminé avec la marchande. Ils pouvaient rentrer à la maison.

La proximité de Jubilo la réconforta comme par miracle. Aucun obstacle ne semblait plus insurmontable. Jubilo avait ce pouvoir. Le manque d'argent — de toute façon inutile pour caresser la main de son époux, le regarder dans les yeux, l'embrasser passionnément et profiter de sa virilité — passa au second plan. Le seuil de la maison à peine franchi, ils se précipitèrent dans la chambre à coucher. Rien de plus céleste que d'avoir le pénis prodigue de Jubilo bien au chaud à l'intérieur de son vagin ! Quelle ne fut pas la surprise de Lucha quand elle l'entendit dire, se séparant brusquement d'elle :

— Je te sens différente, ma chérie, tu n'es pas la même…

Le cœur de la jeune femme s'arrêta presque. Elle se sentit percée à jour. Comment Jubilo avait-il deviné qu'elle avait accepté les trois centimes de don Pedro ? Détournant son regard pour cacher son désarroi, elle chercha en vain une excuse valable, ne parvint qu'à balbutier :

— Différente ? En quoi ?

Jubilo ne répondit pas. Il se contenta d'explorer le ventre de sa femme avec la paume de sa main, et éclata soudain de rire.

— Tu es enceinte ! Mon amour… Tu es enceinte !

Il se mit à couvrir de baisers Lucha, très étonnée. Effectivement, ses règles étaient en retard d'une semaine, mais elle n'avait pas encore eu l'occasion d'envisager la possibilité d'une grossesse.

— Comment le sais-tu ?

— Je l'ai senti ; je ne peux pas te l'expliquer, mais tu as une énergie différente.

C'était la première fois que Lucha entendait

de semblables paroles. Elle connaissait la sensibilité des mains de Jubilo, mais à ce point-là… Elle était cependant prête à le croire. Son hypothèse n'était pas si saugrenue. Les médecins ne pouvaient-ils pas rendre un diagnostic uniquement grâce à la résonance sur les organes d'impacts produits en percutant doucement de l'autre main celle qui est posée sur le ventre du patient ? Il était tout à fait plausible que Jubilo pût capter les échos spécifiques de l'appareil reproducteur de la jeune femme. Ne demandant qu'à se laisser convaincre, elle n'eut dès lors plus aucun doute et tint son état pour acquis. Comment expliquer autrement cette sensation d'écœurement qu'elle avait éprouvée au moment où don Pedro lui avait baisé la main ? Tout devenait clair. À la lumière de ce qu'elle venait d'apprendre, elle n'avait commis aucune faute. Une envie de femme enceinte, rien de plus naturel. Elle pouvait être en paix avec sa conscience ; qui sait, si elle n'avait pas cédé à son impulsion, elle aurait peut-être couru le risque d'accoucher d'un enfant à tête d'olive ? Les yeux embués de larmes, elle serra son mari dans ses bras. Tous deux fêtèrent la bonne nouvelle, sans avoir conscience que le malheur les avait déjà choisis pour victimes.

V

Jubilo se réveilla en sursaut, haletant. Depuis plusieurs jours, il était la proie d'un cauchemar récurrent ; chaque fois, il se voyait en train de nager au fond de la mer. Bien que sans aucun équipement de plongée, il respirait sans difficulté, ses mouvements étaient lents, réguliers. L'eau était tiède et agréable, des poissons multicolores lui tenaient compagnie. Une lumière douce lui permettait de voir au loin. Soudain, il perçut le murmure de quelques voix, suivies de rires, venant du rivage. Levant la tête, il vit l'intense lumière du soleil qui flamboyait à travers l'eau. C'est à ce moment précis que, sans autre indice particulier, il reconnut la mer, celle-là même où il avait appris à nager, cette mer qui pendant si longtemps avait baigné la plage devant la maison de ses parents. Il ne se trompait pas. Et ces rires qu'il entendait étaient ceux de sa grand-mère Itzel, de doña Jesusa, sa mère, et de don Librado, son père. Il avait envie de se joindre à eux, de partager leur gaieté.

Il nageait de plus belle pour sortir de l'eau mais ses pieds restaient ancrés dans le sable. Quelque effort qu'il fît, il n'arrivait pas à les bouger. Alors, il se mettait à crier. Personne ne l'entendait. Les sons sortaient de sa bouche enfermés dans des bulles d'air qui éclataient silencieusement à la surface. Désespéré, il criait, hurlait, et plus il vociférait, moins il semblait que quiconque l'entende. L'eau commençait à entrer dans ses poumons, il était sur le point de se noyer sans que personne pût lui porter secours. Par chance, ce jour-là, sa fille Lluvia était venue le réveiller.

— Papa, tes amis sont arrivés. Qu'est-ce qu'il y a ? Tu as fait un cauchemar ?

Jubilo répondit par un mouvement de tête affirmatif. Depuis un mois, il ne pouvait pratiquement plus parler. Les sons ténus qu'il émettait à grand-peine restaient malheureusement incompréhensibles à ceux qui les entendaient. Cherchant une issue à cette situation, Lluvia se souvint de l'expérience qu'avait réalisée don Chucho à l'aide des cuillers et se mit immédiatement en quête d'un manipulateur de morse. Au Bureau des Télégraphes, où elle s'adressa en premier, on faillit s'esclaffer. Cela faisait des années que le télégraphe en tant que tel avait disparu, et personne ne fut en mesure de lui indiquer où se procurer un appareil de cette sorte. L'idée lui vint alors qu'au marché aux puces, peut-être, elle finirait par tomber sur un manipulateur en bon état. Au terme de différentes expéditions dans les dédales de La Lagunilla, ses recherches s'étant révélées infructueuses, elle dut abandonner cette piste et s'orienter vers les magasins d'antiquités où elle trouva enfin l'objet en question après avoir écumé la capitale et la province. Quand elle l'eut en main, elle songea tout d'abord à l'annoncer à son père mais se ravisa, ne voulant surtout pas le troubler car il n'aurait de cesse de l'utiliser.

Envoyer des messages que personne ne saurait interpréter pourrait être très frustrant. Les enfants de Lluvia lui indiquèrent qu'il existait un logiciel permettant d'entrer des informations dans un ordinateur en se servant de l'alphabet morse au lieu du clavier ordinaire. Le logiciel « traduisait » en paroles le texte télégraphique mémorisé tout en le transcrivant par écrit à l'écran, de sorte qu'il serait donné à tous de comprendre ce que Papa disait. Enthousiasmée par les perspectives qu'offrait ce programme, Lluvia s'empressa de le commander. Mettant à profit les trois semaines requises par le délai de livraison, elle résolut, en attendant, d'acquérir une initiation élémentaire à la technique du télégraphe, juste de quoi comprendre les premiers mots que son père allait « prononcer ». Pour lui enseigner l'alphabet des points et des traits, don Chucho, l'ami d'enfance de son père, paraissait tout indiqué. Pas de chance, son épouse, à la suite d'une thrombose cérébrale, était hospitalisée. Il ne pouvait l'aider. Sans se décourager, elle fit alors appel à Reyes, l'ancien collègue de travail de Jubilo. Aurorita, l'infirmière, ne voulut pas être en reste. Elle s'occupait de Jubilo depuis longtemps, et de profonds liens d'affection s'étaient tissés entre eux. Avec les années, il était devenu son grand ami, son confident, un conseiller dont la sagesse avait aidé Aurorita à surmonter ses crises conjugales, à rire de ses problèmes et à poser sur la vie un regard positif. Elle aurait fait n'importe quoi pour pouvoir lui retourner les marques de tendresse et de solidarité qu'il lui avait prodiguées de façon désintéressée, et s'investit dans l'apprentissage du morse avec la même sollicitude que lorsqu'elle lui faisait la lecture, le sortait en promenade, le massait ou lui donnait à manger comme à un bébé. Une troisième volontaire se joignit au groupe : Natalia, l'infirmière de nuit, que tous appelaient familièrement Nati. Comme Aurorita, elle était très proche de Jubilo. Parfois, son rire enthousiaste et frais provenant de la chambre de son père à travers la porte fermée de la sienne réveillait Lluvia à l'aube. Les plaisanteries de Jubilo fusaient vingt-quatre heures sur vingt-quatre. Nati était la meilleure compagne de ses nuits d'insomnie, avec son merveilleux sens de l'humour, sa douceur empreinte d'une patience infinie. Haute comme trois pommes, un peu boulotte, elle avait adopté Jubilo comme on adopte un enfant, qu'elle changeait, baignait, habillait, berçait. Elle lui chantonnait ses boléros préférés tout en lui caressant le front d'une main maternelle.

Les mots restaient noués dans la gorge de Jubilo, enfermés derrière les barreaux de la prison qu'étaient devenues ses cordes vocales tendues à l'extrême à cause des médicaments destinés à atténuer les effets de la maladie de Parkinson. Avides de ses paroles qui les encourageaient, les conseillaient, leur racontaient des histoires, les trois femmes étaient folles d'impatience. Le télégraphe serait leur sauveur, le libérateur tant espéré, celui qui allait unir les volontés et les affections. Lluvia, qui avait résisté tant de temps aux nouvelles technologies, les bénissait maintenant : son père, bientôt, communiquerait à nouveau avec le monde. Cependant, un problème de taille subsistait. Elle n'appartenait pas à la génération pour laquelle l'ordinateur faisait partie du quotidien. Ses enfants savaient l'utiliser, elle non. À cinquante et un ans, sportive et débordante d'activité, elle ne se sentait pas du tout vieille ; pourtant, en entrant en contact avec le monde de l'informatique, elle s'aperçut qu'elle était dépassée, pour elle les appareils électriques se résumaient à la touche marche-arrêt, ils étaient tous trop compliqués, elle n'y comprendrait jamais rien. Au prix de quelques efforts, elle parvenait à se servir d'un magnétoscope, mais de façon très sommaire, juste assez pour voir un film tranquillement. Le programmer ou enregistrer une émission de télévision restait hors de sa portée. Quant à consulter le manuel d'instructions, plutôt mourir. Il fallait au moins être diplômé de Harvard pour comprendre ce genre de littérature. En général, chaque fois qu'elle s'achetait un nouveau gadget électronique, au lieu de se compliquer la vie, elle demandait à ses enfants de lui en expliquer le fonctionnement, et rangeait le mode d'emploi dans un tiroir. Par une étrange ironie du destin, elle ne pouvait plus désormais esquiver la confrontation avec l'ordinateur. Accéder à un site, à un portail, tout cela était du chinois. Comment atteindre un site au lieu géographique indéterminé, franchir le portail d'une architecture virtuelle ? Où l'information était-elle stockée, de quelle façon était-elle acheminée ? Perla, sa fille, se chargea de lui expliquer que se connecter sur Internet signifiait entrer en relation avec un réseau international ; cette perspective plut à Lluvia. Communiquer avec le globe entier ! Voilà qui était mieux. Les préjugés s'envolèrent. L'Internet se montrait sous un angle aimable, totalement inoffensif. Elle était loin de se douter qu'utilisé par des mouvements néonazis, le même Internet servait à ourdir des actes criminels, en quelques clics la méthode de fabrication d'une bombe atomique était à la portée de n'importe qui. Ses enfants se gardèrent bien de lui apprendre que les nouvelles technologies n'étaient pas l'apanage des gens animés de bonnes intentions. Leur maman avait déjà fort à faire, entre l'ordinateur à manier et l'alphabet morse à assimiler.

Si Lluvia pédalait dans la semoule, Aurorita et Nati n'étaient pas moins à plaindre. De leur vie elles n'avaient manié un ordinateur, elles avaient un mal fou à taper correctement sur le clavier. Leur affection pour Jubilo surmonta les obstacles. Elles s'acharnèrent, faisant des progrès étonnants. Perla se divertit fort en les initiant à l'ordinateur, mais personnellement désapprouvait l'apprentissage du morse. L'ordinateur n'allait-il pas traduire ce que son grand-père taperait télégraphiquement ? Nul besoin d'alphabet morse. Les « femmes » de Jubilo n'en démordaient pas. Et s'il y avait une coupure de courant ou une panne d'ordinateur ? Elles ne voulaient absolument pas dépendre de la technologie. L'entraînement fut intensif. Les trois femmes se réunissaient la nuit, Aurorita une fois libérée de ses obligations ; elles attendaient que Jubilo ait dîné et se soit endormi pour commencer les cours. Son lit était un lit d'hôpital dont les barreaux de chaque côté avaient deux fonctions : éviter les chutes accidentelles et faciliter les changements de position du malade. Un transmetteur accroché à l'un d'eux permettait d'entendre tous les bruits en provenance de la chambre. Les leçons de télégraphie duraient deux heures — pendant que le malade dormait profondément —, bercées par une musique douce, Jubilo ayant l'habitude d'écouter la radio pour trouver le sommeil. Sa station préférée était la 790 en modulation de fréquence, la radio de la nostalgie, dont le programme incluait les meilleurs boléros romantiques de tous les temps. Par la suite, Lluvia, dans un réflexe conditionné acquis à cette période, se mettait automatiquement à transmettre des messages dès qu'on jouait de la musique.

Pour être télégraphiste, il fallait avant tout avoir une bonne mémoire. Les mots étaient envoyés lettre après lettre, il fallait donc mémoriser ces dernières au fur et à mesure qu'on les recevait, jusqu'à former un mot. On écrivait alors ce mot sur un papier, tout en continuant de recevoir le message. On écoutait, mémorisait et traduisait d'une part, et de l'autre on écrivait ce qu'on venait de traduire sans cesser d'écouter. Écrire à retardement instaurait une impression de bizarrerie et n'allait pas de soi. C'était très fatigant pour les oreilles. Un opérateur qui détachait bien les sons envoyés afin de faciliter leur compréhension était dit avoir une « bonne écriture ». D'autres avaient une « écriture épouvantable », avec des points très ouverts. C'était le cas de Lluvia, Aurorita et Nati. Reyes, leur professeur, n'avait pas de problème, ce qui était normal, ayant été télégraphiste pendant quatre décennies ; il lui avait suffi de quelques heures pour se remettre dans le bain. Les femmes de Jubilo, elles, étaient perdues, elles s'emmêlaient avec les points et les barres, confondaient les sons ou les traduisaient fautivement. Un désastre en résumé, mais l'intention y était. Maîtriser la télégraphie nécessiterait des heures, des jours, des années, mais en trois semaines elles en apprirent assez pour pouvoir comprendre les premiers mots de Jubilo.

Ce fut un moment mémorable. Lluvia avait demandé à Reyes et à don Chucho d'être présents. Lolita, dont la carrière de secrétaire s'était déroulée au Bureau des Télégraphes et qui leur était à tous très chère, fut également conviée. À l'heure dite, les trois retraités furent accueillis par Lluvia, ses enfants Federico et Perla, Aurorita et Nati. Jubilo ne soupçonnait rien, mais quand il sut que don Chucho était là et non au chevet de sa femme hospitalisée, il subodora que quelque chose de peu ordinaire allait arriver. Quand Perla, sa petite-fille, posa sur ses jambes un ordinateur portable et un télégraphe, le visage du vieil homme s'illumina. Aucun des assistants n'oublierait jamais son sourire radieux quand ses mains reconnurent le manipulateur de morse. De longues explications ne furent pas nécessaires, il savait pourquoi on le lui avait apporté et ne se fit pas prier. Timidement mais fermement, il envoya son premier message. Il était adressé à sa fille : « Merci ma fille chérie, je t'aime beaucoup. » Les yeux de Lluvia se remplirent de larmes, et, sans que son père s'y attende, elle s'empara du manipulateur et répondit en morse : « Moi aussi, Papa chéri. » Jubilo écarquilla les yeux. Sa fille connaissait le morse ! Pour une surprise, c'en était une.

Comble de l'étonnement, ses deux autres « femmes » le connaissaient aussi ! Demandant à leur tour la parole, Aurorita et Nati firent savoir en morse qu'elles l'aimaient beaucoup. Le cliquetis du manipulateur, ce son unique entre tous, emplit d'allégresse la chambre de Jubilo. Moment des plus émouvants. Lolita versait plus de larmes que le jour où fut décrétée la mort du télégraphe, en l'an 1992. Elle avait assisté à la cérémonie qui avait mis définitivement un terme à l'ère du télégraphe. Le télégraphiste qui eut l'honneur de rédiger le dernier message au Bureau des Télégraphes ajouta de sa propre initiative : « Adieu, mon morse chéri, adieu. » Lolita avait pleuré de tristesse, à présent elle pleurait de joie. Les yeux de Jubilo, qui n'aimait pas montrer ses émotions en public, étaient humides. Federico, connaissant son grand-père, mieux que personne, décida de faire diversion et se lança dans une explication courte mais précise sur le logiciel, son mode de fonctionnement. Il existait une entente parfaite entre eux. Le vieil homme avait une préférence marquée pour les enfants de Lluvia, alors qu'il était moins proche de ceux de Raul, son fils. Raul habitait depuis longtemps à l'étranger, et ses rares visites au Mexique, à l'occasion des vacances scolaires, avaient cessé maintenant que ses trois enfants avaient fondé une famille. Ils avaient leur vie, ne gardant que peu de contacts avec leur parentèle mexicaine, quelques lettres, des coups de téléphone, sans plus. En revanche, Jubilo avait vu naître les enfants de Lluvia, avait guidé leurs premiers pas, joué avec eux jusqu'à l'épuisement. La bicyclette, la toupie et le bilboquet, ils l'avaient appris avec lui. Il avait été comme le second père des enfants de Lluvia depuis son divorce, un père compréhensif et aimant, qui les avait orientés à l'adolescence, leur avait appris à conduire, leur prêtait sa voiture quand ils en avaient besoin, ne donnant jamais de conseils qui ne fussent sollicités. Il respectait ses petits-enfants, leur manière d'être et d'agir. Perla et Federico adoraient leur grand-père. Sa maladie les affectait beaucoup.

Jubilo écoutait attentivement son petit-fils, tout en caressant de ses mains tremblantes le manipulateur de morse, comme s'il s'agissait de l'objet le plus précieux que de toute sa vie il eût tenu. Il reprit à nouveau l'appareil quand Federico se fut tu, et dit :

— Voilà qui m'ouvre un monde de possibilités. Merci beaucoup à tous.

— De quoi nous remercies-tu, mon vieux ? Nous tirerons profit de l'investissement de ta fille en t'installant comme écrivain public place de Santo Domingo.

Jubilo éclata d'un grand rire. Cela faisait longtemps que Lluvia ne l'avait pas vu ainsi.

— Savais-tu que ton Papa, pendant un certain temps, quand il a été à court d'argent…

— C'est-à-dire toujours ! intervint Jubilo au moyen du manipulateur.

— Non mais, sérieusement, pendant un certain temps il a écrit des lettres d'amour place Santo Domingo. Tu n'as pas idée du succès qu'il avait…

— Oui, mais les meilleures choses ont une fin… En ce temps-là, je pouvais voir, parler, me déplacer.

— Bon, tu ne peux pas voir, mais tu sais fort bien ce que tu tiens entre tes mains. Regarde seulement comment tu manies cet appareil !

Tous rirent de bon cœur, et s'étonnèrent de la facilité avec laquelle Jubilo s'était remis au télégraphe après tant d'années. Son ami Reyes intervint dans la conversation :

— Tu es incroyable, mon vieux ! Même moi, je n'arriverais pas à le manier de cette façon.

— Que veux-tu dire par « même moi » ? Que tu es meilleur télégraphiste que moi ?

— Laisse tomber, quel prétentieux tu fais ! Tu te crois mieux que tout le monde parce que, de nous tous, tu es celui qui prend le moins de médicaments ?

— Ce n'est pas vrai, tu en prends moins, Chucho, tu racontes des histoires.

— Moi ? Jamais de la vie. Je prends des comprimés pour la tension, pour la digestion, pour le cœur et pour l'asthme.

— Tu vois ! Moi, je prends six comprimés, deux de plus que toi.

— Ne vous disputez pas, les gars ! Moi, comme toujours, je bats tous les records.

— Oui, mais ce n'est pas de jeu ! Avec la vie que t'a faite ta femme, il y a de quoi avoir un pied dans la tombe.

— Oui, mon petit, mais c'est moi qui l'ai choisie et qui l'ai supportée, pas vrai ? J'ai donc du mérite. Si tu t'en étais trouvé une aussi emmerdante, tu aurais plus de maladies que moi maintenant...

Lluvia, Perla, Federico et Nati, devant attendre que les répliques s'affichent sur l'écran de l'ordinateur pour suivre la conversation, entendaient les rires avant de comprendre l'objet de l'hilarité des trois compères. La gaieté n'en était pas moins générale. Lluvia était enchantée de voir son père « parler », raconter des anecdotes captivantes comme il l'avait toujours fait. L'ordinateur apprit à Lluvia qu'un jour, Reyes avait failli avoir une attaque à cause d'une blague de son collègue. Tous deux avaient collaboré longtemps dans une antenne de la compagnie nationale Petroleos Mexicanos. Jubilo prenait ses fonctions le matin, Reyes la nuit. Les collègues du Bureau des Télégraphes leur manquaient. Pour se divertir, ils se jouaient mutuellement des tours de toutes sortes, plus ou moins amusants, parfois assez lourds. La station, chargée de recevoir les messages émanant de différents puits pétroliers, était suffisamment vaste pour contenir les énormes appareils destinés à recevoir les signaux radio. Jubilo et Reyes s'y sentaient bien seuls. Si le premier pouvait se réchauffer un peu au soleil, le second devait compter sur un radiateur électrique en hiver. Une nuit de décembre, alors que les *posadas* battaient leur plein, Reyes avait, comme à l'habitude, allumé son appareil. Blotti dans son fauteuil, il entendit une suite d'explosions. Ses cheveux se dressèrent sur sa tête. Les installations de la station étaient en train de griller. En fait, la mèche d'un paquet de pétards obligeamment attaché au radiateur par son cher collègue s'était enflammée. Le lendemain, Reyes fit payer très cher à Jubilo sa petite plaisanterie. Il téléphona à Lucha, lui demandant si elle savait où était son mari, qui ne s'était pas présenté à son travail depuis une semaine. Les rires fusèrent à ce moment de la conversation. Les colères de Lucha étaient fameuses. Jubilo avait sans doute passé un sale quart d'heure. Le calme revenu, Lolita à son tour narra une anecdote du bon vieux temps.

— Et cette fois où on avait cloué le tiroir de Chuchito, vous vous souvenez ? Il avait tiré dessus un bon moment !

— Et le jour où on avait noirci de papier carbone l'écouteur du téléphone de don Pedro ?

Les rires retombèrent. Jubilo redevint grave.

Lolita fit signe à tous de garder le silence, et Reyes changea instantanément de sujet.

— Oui, quelle histoire ! Je me demande comment on a eu le culot de faire une telle chose. La meilleure, c'est celle des papiers entassés sur le bureau de Lolita. Caché derrière une colonne pas loin, je faisais du vent sans être vu. Les feuilles de papier s'envolaient, Lolita se levait pour les ramasser, vérifiait si la fenêtre était bien fermée et retournait à sa table. À ce moment-là, je recommençais à lui envoyer de l'air…

— Ouais, mon vieux. Tu ne vas pas essayer de nous raconter que tu te l'es envoyée, Lolita n'a jamais été portée sur la chose.

Seul, le visage de Júbilo resta fermé. Lluvia ne fut pas sans le remarquer. Quelque chose s'était passé. Son père avait perdu sa bonne humeur. En raccompagnant Lolita à la porte, elle lui demanda, avant de prendre congé :

— Dis-moi, Lolita, c'était qui, ce don Pedro ?

— Un type que ton papa n'aimait pas beaucoup — à vrai dire, aucun d'entre nous ne l'appréciait. Je te laisse, ma jolie, il est tard. Il faut que j'y aille.

Ordinairement, Lolita se montrait plus volubile. Elle avait du mal à décoller, restait toujours un bon moment sur le pas de la porte avant de s'en aller. Sa brusquerie ce soir-là plongea Lluvia dans une grande perplexité. Il y avait anguille sous roche. Lolita ne voulait pas parler de don Pedro ;

il fallait en avoir le cœur net. Pour le moment, seul un bon bain pourrait apporter la détente indispensable après cette journée riche en émotions.

L'eau, son élément préféré, exerçait sur Lluvia un pouvoir magique. Flottant, immobile, elle accédait à une relaxation profonde en quelques secondes. Cette fois-ci, ce fut impossible. En dépit de tous ses efforts pour se concentrer sur le ravissement de Jubilo au moment où il avait reçu son manipulateur de morse, elle ne pouvait chasser de son esprit l'étonnante et sombre expression qu'elle ne lui avait jamais connue. Le même après-midi, Lolita avait donné à son père une photo. Les anciens collègues du Bureau des Télégraphes s'y retrouvaient : Lolita sans les lunettes qu'elle portait maintenant, don Chucho avec tous ses cheveux, Reyes encore jeune et sans bedaine, son père en pleine possession de ses facultés, sa mère arborant son gros ventre de femme enceinte. Photo du souvenir, silencieuse, muette. Son père y avait le regard triste, quelque chose le préoccupait visiblement, il souffrait. Apparemment, un anniversaire ou quelque chose de ce genre était célébré, mais Jubilo semblait perturbé malgré la présence à ses côtés de sa femme, superbe comme toujours, qu'il tenait par la taille. Il y avait un abîme entre eux. Au dos de la photo figurait une date, celle à laquelle elle avait été prise : septembre 1946, deux ans avant la naissance de Lluvia. Sa mère devait être au cinquième ou sixième mois de sa grossesse. Lluvia compta les mois avec ses doigts ; elle remarqua qu'elle les agitait comme si elle envoyait un télégramme. Si elle continuait ainsi, sa vitesse égalerait celle de son père. Son esprit vagabonda quelque temps. Ses mains en mouvement déplaçant l'eau de la baignoire la plongèrent dans une profonde réflexion. Plus elles bougeaient, plus les ondes se démultipliaient. Un baiser n'était pas mille baisers, un orgasme n'était pas cinq orgasmes. Un événement se répétant fait vibrer différemment l'éther. Les nombres ne représentent pas seulement des quantités d'argent, comme le pensait sa mère, ils avaient une signification plus vaste en raison de leur relation directe avec le cosmos, leur représentation se référait à cette relation. Les nombres étaient des espèces d'archétypes. Avec les mots, il se passait la même chose. Chacun résonnait de façon différente, et se répercutait de façon différente dans l'air. L'idée lui vint soudain qu'il devait exister un rapport intime entre les nombres et les mots, les premiers jouant le rôle du bouton de la télécommande, les seconds celui de lumière témoin du téléviseur. Elle était prête pour commencer sa recherche. Elle utiliserait les doigts de sa main pour « écrire » un mot en morse. Le bout du doigt serait le point, la division des phalanges le trait. Points et traits étaient ensuite convertis en nombres correspondant à la numérologie maya. Essayant de trouver une signification, elle se rendit compte qu'elle avait choisi les nombres de son père et de sa mère, et que la somme des deux coïncidait avec le mois de septembre 1946. Cette découverte la fit revenir à la photographie. À l'aide de ses doigts, elle calcula les mois qui séparaient sa mère de l'accouchement — la date était très éloignée de celle de son propre anniversaire. En dehors de Raul, elle n'avait jamais été informée de la naissance d'un autre frère ou d'une sœur. Que penser ? L'état de santé de son père excluait toute question à ce sujet. Le plus indiqué serait donc de rendre visite à Luz Maria Lascurain, doña Lucha.

VI

À part l'amour, rien n'est plus important que la confiance. C'est un des avantages de la vie en couple que de pouvoir pleinement s'y abandonner. Dénuder son âme, exposer son corps sans la moindre pudeur à la vue de l'autre, s'offrir sans gêne, s'ouvrir, s'abandonner dans les bras de l'aimé sans peur, sans crainte d'être meurtri. Pouvoir dire à l'époux ou à l'épouse : « Mon trésor, tu as un bout de haricot sur la dent. » Amour et confiance vont la main dans la main. Seule la confiance donne libre cours à l'énergie amoureuse. Elle favorise le rapprochement entre les êtres humains. Le premier signe de désaffection apparaît quand l'une des deux parties oppose une résistance au contact physique. Quand le manque de désir pour les caresses, les baisers et la proximité devient évident.

Cette confiance, durant les huit années de leur mariage, Lucha et Jubilo se l'étaient prodiguée sans réserve. Aucun hiatus, aucune blessure n'était venue installer un climat de méfiance. Ils s'aimaient et se respectaient en dépit des grandes différences qui existaient entre eux, la plus importante provenant du mal qu'avait Lucha à s'adapter à la vie qu'elle menait avec Jubilo. Peut-être était-ce la raison pour laquelle, après la naissance de Raul, une seconde grossesse tarda à venir. Jubilo ne s'en plaignait pas au demeurant, ayant déjà du mal à subvenir aux besoins de la petite famille — tout du moins selon les critères de Lucha. Il était loin de pouvoir lui donner le genre de vie qu'elle exigeait. L'argent gagné au poker, après que la somme promise à Jesus et Lupita pour leur mariage eut été soustraite, avait à peine suffi pour payer le premier versement de leur maison. Bien que petite, elle avait plu à sa femme parce qu'elle était pratique et très agréable, située dans le quartier Santa Maria la Rivera, non loin du quartier Santo Tomas, à proximité de la résidence des beaux-parents. L'élégante salle de séjour dont les balcons donnaient sur la rue était séparée des trois chambres au plafond haut, garni de poutres en bois, par un couloir fleuri au bout duquel se trouvaient une salle à manger et une salle de bains. À côté de la salle à manger, il y avait une cuisine spacieuse, et derrière, un patio où Raul pouvait jouer à sa guise. Lucha fut très heureuse un certain temps. La possibilité de s'établir dans la capitale et d'abandonner leur vie jusqu'alors errante la comblait. Choisir la disposition de ses rares meubles l'amusait. Pour la première fois depuis son mariage, elle avait la joie de pouvoir planter un clou ou poser un vase de fleurs là où elle le voulait. Avant, ils n'habitaient que des endroits prêtés, quand ce n'était pas à l'hôtel. Selon Lucha, il fallait posséder une chose pour en jouir.

Jubilo, au contraire, était capable de s'approprier le monde rien que par le regard. Peu importait que les gardénias fussent dans le jardin des voisins ou chez lui dans un pot de fleurs, leur parfum était également capiteux. Il savait faire preuve d'empathie envers les malheurs et les peines d'autrui, partager les rêves de ses amis et célébrer sans en prendre ombrage les triomphes des autres. Ces dispositions n'étaient pas pour peu dans sa réussite de télégraphiste. Ses messages étaient envoyés avec toute son âme, comme s'ils avaient été les siens propres. Il regrettait de ne plus avoir de contacts directs avec le public. Dans les petits villages où il avait été en poste, l'occasion lui était donnée de connaître les effets des missives qu'il rédigeait dès leur réception par les destinataires ; dans la capitale, ses envois devenaient anonymes, sa tâche devenait froide, perdait toute chaleur humaine. Pourquoi tant travailler, alors qu'il était déchu de son rôle d'intermédiaire, de médiateur ? Envoyer et recevoir des messages le plus rapidement possible, telle était l'unique préoccupation d'une administration impersonnelle dont il était devenu un rouage parmi d'autres. L'efficacité, à son sens, ne dépendait pas uniquement de la vitesse. Bien que déçu, il était conscient de faire ce qu'il avait à faire, ce que Lucha attendait de lui et ce dont son fils avait besoin. Il travaillait pour eux, pas pour lui. Voir sa femme chérie installée dans une maison qui lui appartenait, pouvoir nourrir et vêtir son fils comme il fallait le rendaient très heureux. Lucha lui était reconnaissante de ses efforts, mais elle ne se contentait que difficilement de l'argent qu'elle recevait, surtout maintenant qu'ils avaient un enfant. Pour lui, elle voulait la meilleure éducation, les meilleures chaussures, la plus belle bicyclette, le plus beau ballon, et ses limitations économiques l'exaspéraient. Elle faisait pression sur son mari, critiquant constamment son manque d'ambition, insistant pour qu'il fasse des heures supplémentaires. Jubilo trouvait sa femme injuste. Ses buts à lui ne correspondaient simplement pas à ceux de Lucha. Devenir riche n'était pas sa principale aspiration. Jesusa, sa mère, ne répétait-elle pas que les gens riches étaient pauvres, puisqu'ils n'avaient que de l'argent ? Il était d'accord. Il y avait des choses beaucoup plus importantes dans la vie que l'accumulation de capital. L'homme riche était celui qui possédait la capacité d'être heureux.

À la naissance de Raul, Jubilo avait à peine vingt-deux ans, et Lucha vingt, presque des enfants. Ils s'étaient mariés si jeunes que Jubilo n'avait pas eu le temps de jeter sa gourme. Lorsque le bébé, qui l'avait d'abord affolé parce qu'il le percevait comme un intrus, un rival lui ôtant la tendresse et les attentions de Lucha, commença à sourire et à lui tendre les bras, Jubilo vit bientôt en lui un compagnon de jeux, le petit frère qu'il n'avait jamais eu. Le premier mot que Raul prononça fut « Papa », et, au lieu de pleurer comme les autres bambins ou d'appeler sa maman, il réclamait son père, un père trop jeune, un grand gosse lui-même, qui après une dure journée de travail au Bureau des Télégraphes n'avait envie que d'une chose, se détendre. Il s'amusait un moment avec son fils, puis allait retrouver ses amis, avec lesquels il jouait de la guitare, chantait. Lucha interprétait cela comme une absence totale de volonté. Au lieu de perdre son temps à grattouiller son instrument, pourquoi ne prenait-il pas des cours d'anglais, de français, de comptabilité ? Il pourrait par exemple se mettre en quête d'un emploi plus juteux, n'importe quoi, quelque chose qui leur assure à elle et à Raul un avenir prometteur ! Elle se désolait de l'étroitesse de vue de son mari. Les meilleures écoles étaient les écoles privées, tel le collège Williams. Raul, qui grandissait, aurait dû y être inscrit. Hélas, Jubilo n'en voyait pas la nécessité. C'était précisément au collège Williams que son père l'avait mis à son arrivée dans la capitale, il n'y était pas resté longtemps, les finances familiales étant au plus bas, mais il avait été beaucoup plus heureux dans l'école publique qu'il fréquenta ensuite. Il ne voyait pas de raison pour qu'il n'en aille pas de même avec son propre fils. Lucha, quant à elle, avait toujours été une élève du lycée français, qui lui avait beaucoup apporté. Une bonne éducation lui paraissait essentielle ; sans le formuler explicitement, elle pensait que leur différence venait de là. Ne parlant ni anglais ni français, ne connaissant pas l'Europe, maladroit en société, Jubilo était condamné à une vie médiocre. Elle, en revanche, se jugeait apte à obtenir un poste qualifié n'importe quand. Chaque fois qu'elle avait évoqué l'éventualité d'aller travailler, Jubilo avait été catégorique. Son éducation à lui exigeait qu'il soit le seul à subvenir aux besoins du foyer. Pour mettre fin à leur controverse, le jeune homme s'abstint de jouer l'après-midi avec Raul, renonça au trio instrumental qu'il était en train de former avec ses amis. Finis, les chansons de Guty Cardenas et les rêves de succès sur les ondes. Outre son travail au Bureau des Télégraphes, Jubilo accepta un emploi d'opérateur radio à la Compania Mexicana de Aviacion. Une machine à laver-essoreuse put rapidement être achetée ainsi qu'un cumulus électrique, en remplacement du chauffe-eau à bois. Lucha était heureuse. Donc Jubilo aussi. L'ambiance familiale fut au beau fixe pendant un certain temps. Libérée par la machine à laver le linge, la cocotte-minute et le mixeur, Lucha avait le temps de sortir se promener, de fréquenter les instituts de beauté, de faire des emplettes. Éperdue de reconnaissance envers son mari, elle ne se lassait pas de glorifier les vertus du réfrigérateur et autres ustensiles domestiques. Mort de fatigue, Jubilo s'endormait profondément après avoir à peine écouté le récit circonstancié que sa femme lui faisait de ses journées dès qu'il rentrait du travail.

Lucha trouva alors un nouveau motif de querelle. Elle lui reprochait son manque d'intérêt pour sa conversation, il n'avait même pas remarqué ses mains et ses pieds aux ongles manucurés exprès pour lui. Jubilo lui expliquait avec patience et tendresse que, loin d'être coupable de négligence, il préférait consacrer leurs brefs moments d'intimité à l'amour plutôt que de gaspiller son temps et son énergie en vains bavardages. Cela avait le don de mettre Lucha en fureur, elle avait besoin de quelqu'un à qui parler, pas seulement avec qui faire l'amour, elle n'était pas une prostituée, après tout. Lui, restait éberlué. Une femme à laquelle un homme avouait qu'elle le rendait fou d'amour aurait dû se sentir flattée ; pour la sienne cependant, il paraissait plus important qu'il s'asseye pour l'écouter et la contempler. Heureusement, leurs désaccords ne résistaient pas à la première étreinte. Aux baisers succédaient les excuses, les pardons, et cela se terminait au lit, enlacés. À la suite de l'une de ces réconciliations, Lucha revint à la charge. Elle supplia Jubilo de la laisser gagner sa vie. Fatigué de dire non, ce dernier accéda d'autant plus facilement à la demande de son épouse qu'il trouvait de plus en plus difficile de satisfaire tous les caprices de la jeune femme. Il émit une seule condition, que Lucha postulerait à un emploi au Bureau des Télégraphes. Au moins, ils seraient ensemble une bonne partie de la journée. Les parents de Lucha, bien que totalement désapprobateurs car jamais une femme de leur famille n'avait travaillé, décidèrent néanmoins d'aider leur fille en usant de leur entregent. Un rendez-vous au ministère assura à la jeune femme, qui n'avait pas la formation adéquate mais parlait à la perfection l'anglais et le français, le poste de secrétaire particulière du directeur du Bureau des Télégraphes. Ce fut à la beauté de Lucha plus qu'à ses compétences linguistiques que celui-ci fut particulièrement sensible ; une secrétaire présentant si bien ne pouvait que rehausser son statut. En vérité, elle rehaussa le Bureau tout entier. Jubilo n'en éprouva aucune jalousie, au contraire, il était très fier que cette femme qui éveillait tant d'admiration et de désir fût la sienne. La majorité de ses collègues étaient des amis personnels, quels que soient les sentiments qui les animaient, jamais la moindre pensée condamnable ne leur viendrait à l'esprit, Jubilo l'avait vu dans leurs yeux. Lucha pouvait réjouir la vue de tous en se promenant de bureau en bureau, selon lui il n'y avait aucun danger puisqu'il était le seul bénéficiaire. Avoir son épouse au bureau était la meilleure chose qui pût lui arriver. En effet, avec elle à ses côtés, tout brillait.

Là, au Bureau des Télégraphes, Lucha et Jubilo passèrent leurs meilleures années ensemble. Le travail commun les rapprochait. Ils se cherchaient constamment toute la matinée, se lançaient des regards enamourés chaque fois qu'ils se croisaient dans les couloirs, profitaient de la moindre occasion pour se donner un baiser, se caresser la main ou s'étreindre. Quand ils se trouvaient seuls dans l'ascenseur, ils s'embrassaient passionnément, il leur arrivait même de s'enfermer dans les toilettes pour faire l'amour. Ils se comportaient plus comme des amants que comme des époux, et il semblait inimaginable qu'ils puissent être les parents d'un enfant de huit ans.

Raul, confié à ses grands-parents maternels, croissait et prospérait. Au début, ses parents lui manquaient bien un peu, mais il s'habitua aisément à vivre entouré de jouets, objet des attentions de tous du lundi au vendredi. En fin de semaine, il revenait chez lui. Le samedi et le dimanche étaient jours de fête pour les Chi. Jubilo s'efforçait de contrebalancer l'influence que les grands-parents avaient sur Raul en l'emmenant manger dans les marchés, promener à Xochimilco, lui montrant les coins les plus intéressants du centre de la capitale afin qu'il eût une vision plus vaste de ce qu'était véritablement le Mexique. Pour lui, il était essentiel que son fils connût bien ses traditions et son passé culturel avant de s'intéresser à d'autres cultures. Lucha profitait des promenades de Jubilo et Raul pour se reposer, s'étendre au soleil dans le patio, reprenant des forces avant de retourner travailler le lundi matin. À la maison, ils se promenaient tous les trois en pyjama et robe de chambre, et si les grands-parents emmenaient Raul dans leur maison de campagne à Cuernavaca, Lucha et Jubilo restaient au lit tout le week-end, complètement nus. Le jeune couple jouit ainsi de plusieurs années d'une passion renouvelée. Avec de l'argent en poche pour s'acheter des bas et des vêtements, Lucha retrouva sa joie de vivre. Ses problèmes s'étaient en apparence envolés. Toutefois le destin fit irruption sans crier gare et bouleversa complètement leur vie.

Le premier signe d'un changement fut l'annonce de la nouvelle grossesse de Lucha. Convaincus que la naissance de Raul l'avait laissée stérile, ils ne s'y attendaient ni l'un ni l'autre. Ils s'aperçurent à leur grande confusion qu'il n'en était rien. La nouvelle leur fut confirmée, comme un fait exprès, exactement à l'époque où un personnage qu'ils croyaient avoir oublié resurgit de leur passé : don Pedro, le cacique de Huichapan. Don Pedro faisait partie de ces opportunistes qui profitèrent de la révolution mexicaine pour se propulser à des postes de pouvoir, propices à leur enrichissement illicite. Peu après sa défaite à la taverne, il avait adhéré au Partido Revolucionario Institucional et réussi à se faire nommer député fédéral. Par la suite, il avait occupé divers postes à caractère administratif, parmi lesquels celui de directeur du Bureau des Télégraphes était le moins important. Il n'envisageait néanmoins pas de protester, il lui fallait prouver son obéissance et sa loyauté au parti. Un homme doté d'une volonté de puissance telle que la sienne était capable d'accepter une nomination d'inspecteur des W.C. dans un bordel pourvu qu'il reste dans les allées du pouvoir. Par ailleurs, sa première visite dans son nouveau territoire avait été édifiante : il n'allait pas s'ennuyer. Son attention ne se fixa pas sur l'architecture du vénérable bâtiment qui abritait le Bureau des Télégraphes, mais sur la paire de fesses que possédait sa secrétaire particulière — des fesses rondes, charnues et, il ne savait pourquoi, si familières. Quand on la lui présenta, il lui demanda sans ambages :

— Ne nous sommes-nous pas déjà rencontrés quelque part ?

Ce à quoi Lucha répondit :

— Oui, monsieur, nous nous sommes rencontrés quand mon mari, qui est télégraphiste, était en poste à Huichapan, il y a déjà quelques années.

— Mais bien sûr ! Comment ai-je pu oublier ! Votre mari a gagné son pari contre moi... Ce fut une soirée mémorable. Mais vous voyez ce que c'est que la vie ! J'arrive tout juste, et voilà que je retrouve de vieilles connaissances.

En apprenant la nouvelle, Jubilo faillit s'étrangler. Avoir pour chef quelqu'un d'aussi répugnant, c'était inique ! Ils se saluèrent froidement, comme de vieux ennemis. Don Pedro n'appréciait pas du tout d'avoir sous ses ordres l'époux de la secrétaire sur laquelle il avait jeté son dévolu. Jamais il n'avait laissé filer une proie. Sauf que cette fois-ci, ce serait un peu plus difficile. Le regard de Jubilo n'avait laissé place à aucune ambiguïté. N'était la croupe de la femme du télégraphiste, don Pedro n'aurait pu reconnaître son ancien adversaire au poker dont les ornements pileux s'étaient accrus et qu'une moustache fournie avantageait fort. Don Pedro, lui, n'avait nullement changé. La seule chose qui avait augmenté chez lui, c'était la bedaine. À part cela, il était le même, un être sans scrupule, avec cependant plus d'influence — et une habileté décuplée. Jubilo ne se faisait aucune illusion sur les intentions du nouveau directeur. Ses soupçons ne tardèrent pas à se confirmer. En prenant ses fonctions, don Pedro ne fit pas de quartier. Tout l'établissement lui appartenait. L'édifice, les tables, les appareils de transmission, les télégraphistes… et les secrétaires. Il pouvait faire ce dont il avait envie avec tout et tous, il pouvait prendre, manipuler, utiliser tout le monde à sa guise. Rapidement, la rumeur courut qu'il avait de drôles de façons avec les secrétaires — son principal objectif étant Lucha, celle qui lui plaisait le plus, et qu'il avait à portée de main. Le travail, pour cette dernière, se transforma en une torture. Non seulement elle subissait les vomissements et les nausées des premiers mois mais elle devait supporter les insinuations de don Pedro, son regard constamment rivé sur sa poitrine ou sur son derrière. Lucha ne savait plus comment les cacher. Pis, ses seins et ses fesses grossissaient de jour en jour — ce qui avait le don d'exciter son patron qui se fichait comme d'une guigne qu'elle fût mariée et que son état ne semblait pas décourager. Ses attaques étaient chaque jour renouvelées avec plus de vigueur. Au début, il s'était limité au flirt ; peu à peu, il s'était mis à lui caresser l'épaule quand elle était assise et qu'il passait derrière elle. Des fleurs, des chocolats faisaient leur apparition sur sa table, accompagnés d'une petite note. Le harcèlement psychologique couronna le tout. Après lui avoir dicté une lettre, il demandait :

— Qu'est-ce que vous avez, ma petite Lucha ? Vous vous sentez mal ?

— Non, monsieur.

— Je vous trouve très sérieuse avec moi.

— Ce n'est pas ça, c'est juste que je suis un peu indisposée.

— Ah, vous voyez ? J'avais raison, vous vous sentez mal. En vérité, je me demande comment votre mari peut faire travailler une femme aussi belle que vous.

— Il ne me « fait » pas travailler, c'est une décision personnelle.

— Eh bien ! si c'est votre propre décision, vous avez dû la prendre sous la pression des circonstances. Aucune femme n'abandonne sa maison ou ses enfants pour le plaisir… Dites-moi, ne seriez-vous pas enchantée d'être chez vous en ce moment même, choyée comme vous le méritez, au lieu de vous trouver ici à écouter les radotages d'un vieux joli cœur comme moi ?

Lucha réfléchit intensément avant de répondre. Une réponse affirmative confirmerait l'hypothèse avancée par don Pedro. Si au contraire elle lui disait que non, il pourrait en déduire que Lucha était ravie d'être là à l'écouter. Joli cœur ? Jamais de la vie, ce vieux schnock était un pervers. Elle préféra hausser les épaules et quitter la pièce. Les paroles venimeuses de son chef commencèrent pourtant à faire leur effet. Lucha en voulait à Jubilo. C'est vrai qu'elle aurait adoré rester chez elle, profiter de sa grossesse, se sentir propre et pure, sans avoir à protéger son ventre des regards obscènes de don Pedro. À cette pensée, ses nausées s'aggravaient, elle finissait généralement par s'esquiver dans les toilettes pour vomir. Jubilo, pour sa part, était aussi désespéré. Le bureau avait cessé d'être un lieu sûr pour eux. On y respirait une atmosphère de menace permanente. Il ne voyait aucune solution au dilemme : ne s'efforçait-il pas de subvenir dignement aux besoins de sa famille ? Ne travaillait-il pas déjà dans deux endroits différents ? Il aurait fallu que les journées eussent trente-six heures au lieu de vingt-quatre pour qu'il prenne encore un emploi. Sa femme devait quitter le Bureau des Télégraphes. Elle, ne l'entendait pas de cette oreille. D'abord tentée de remettre sa démission, elle se ravisa, à cause de la nouvelle maison qu'ils avaient projeté d'acheter, un peu plus grande, avec une chambre supplémentaire pour le futur bébé. Son salaire était indispensable. Elle conserverait son emploi, essaierait de se tenir autant que possible à l'écart de don Pedro. Celui-ci n'en fut que plus épris. Jubilo passait sa journée sur le qui-vive, guettant la suite des événements ; son travail s'en ressentit.

Jubilo n'était pas le seul à être préoccupé. L'incertitude s'empara de tout le personnel et modifia radicalement relations entre collègues et rapports hiérarchiques. Les licenciements ne se firent pas attendre. Chacun craignait pour sa tête. La confiance qui régnait avant l'arrivée de don Pedro commença à disparaître. Les plaisanteries et les blagues devinrent plus rares. Jubilo, trop absorbé par ses propres problèmes, ne put remédier à cet état de choses. La situation s'aggravait de jour en jour, d'heure en heure, l'explosion était proche.

Lucha, au septième mois de sa grossesse, prenait sa pause en compagnie de Lolita. Le bébé qu'elle portait dans son ventre profita également de l'occasion pour s'étirer à son aise. Remarquant la manière dont le ventre de son amie se déformait, Lolita, une célibataire qui avait passé toute sa vie au Bureau des Télégraphes, lui demanda, dévorée de curiosité, de la laisser sentir l'enfant. Sur ces entrefaites, don Pedro survint et réclama le droit de toucher lui aussi. Il n'avait jamais eu l'occasion de suivre les mouvements d'un fœtus. Lucha ne voulait pas de contact avec cet homme, mais son refus serait perçu comme un affront. Tandis que la jeune femme tentait vainement de trouver un argument susceptible de le dissuader, don Pedro, joignant le geste à la parole, retira la main de Lolita et posa la sienne à sa place. Au passage, il en profita pour effleurer le buste de Lucha. Celle-ci n'eut pas le loisir de réagir. À cet instant précis, Jubilo, qui avait grimpé quatre à quatre l'escalier, arriva, fou de rage, et enleva brutalement la main de don Pedro.

— Je vous défends de remettre la main sur ma femme.

— Qui es-tu pour me donner des ordres ?

Pour toute réponse, Jubilo lui décocha une droite en pleine mâchoire. Ce fut un coup digne de Kid Azteca. Le corps adipeux de don Pedro roula au bas de l'escalier. Tous restèrent sans voix, ne pouvant en croire leurs yeux. Jubilo, si aimable, si souriant et toujours gentil, en train de se battre, et avec leur chef en personne ! Les sympathies, cela va sans dire, étaient du côté de Jubilo, non de celui qu'ils haïssaient, redoutaient et considéraient comme leur ennemi. Personne, toutefois, n'osa manifester quoi que ce soit, chacun retenant sa respiration. Reyes essaya d'aider son patron à se relever, mais celui-ci refusa son offre.

— Ce n'est rien. J'ai simplement trébuché. Retournez travailler !

S'étant remis debout, don Pedro secoua la poussière de ses vêtements, sortit son mouchoir de sa poche pour éponger le sang qui maculait sa bouche. Quand il eut fermé la porte de son bureau où il se réfugia, il commença à méditer sa vengeance. Il avait toujours été un très mauvais perdant, et c'était la deuxième fois que Jubilo l'emportait. Cette fois-ci, il l'avait ridiculisé publiquement. Il ne le lui pardonnerait jamais. Le coup de poing lui avait fait mal ; cependant, c'était surtout son orgueil qui était blessé. Les jours de Jubilo au Bureau des Télégraphes étaient comptés. Celui-ci n'en avait cure. Il avait agi selon ce que sa conscience lui dictait. Maintenant, il fallait convaincre Lucha de présenter sa démission en même temps que lui la sienne. Or sa femme pensait qu'il valait mieux se calmer, réfléchir un peu plus avant de prendre une décision. Ils ne pouvaient se permettre de se retrouver tous les deux au chômage. En outre, la surprise préparée en l'honneur de Lolita, dont c'était l'anniversaire, était gâchée. Ni le gâteau ni les chansons traditionnelles ne parurent aussi bons que les années précédentes. Il manquait les rires et les blagues de Jubilo. Ce jour-là, nul n'était d'humeur à rigoler. Plus de confiance, donc plus de joie. Un éclat de rire que Reyes tira de ses collègues en faisant le clown fut jugé suffisamment représentatif pour être immortalisé sur la photo du souvenir.

Lluvia examina attentivement la photo. Aucun doute, sa mère était bien enceinte. Lucha avait ses mains sur son ventre comme si elle essayait de protéger d'un péril imminent le fruit de ses entrailles. La date, au dos de la photo, était bien 1946, deux ans avant la naissance de Lluvia. Il devait y avoir une erreur. Ou alors, sa mère avait eu un troisième enfant. C'était impossible. Quelqu'un en aurait fait mention à une occasion ou à une autre, à commencer par sa propre mère. Doña Luz Maria Lascurain ne mentait pas. Le mensonge était l'une des fautes les plus sévèrement châtiées dans sa famille. Sa mère aurait-elle rompu l'infrangible code moral établi ? Encore que, en y réfléchissant bien… Il était possible qu'elle ait occulté des événements tragiques. Et Jubilo ? Quelles raisons aurait-il eues de garder le silence ? Pourquoi un tel secret autour de cette naissance ? Peut-être, au fond, la grossesse n'était-elle pas parvenue à terme, et la naissance jamais eu lieu. En tout état de cause, rien ne justifiait qu'on l'eût caché à Lluvia. Et Raul ? Il avait huit ans quand cette photo avait été prise, ce n'était pas un tout petit enfant. Si l'autre était né, Raul devait s'en souvenir. Et s'il n'en était rien ? Si, tout comme elle, il l'avait ignoré ? À moins que, et c'était le plus probable, il ne l'eût effectivement su et ne l'ait pas dit à sa sœur à cause de son complexe de grand frère excessivement protecteur. Cette attitude de la part de Raul, qui la considérait comme un être faible et sans défense dont il fallait prendre soin, avait toujours gêné Lluvia. Elle en avait assez d'être la cadette et d'être traitée comme telle. Tous s'étaient ligués pour lui dissimuler cette information. Elle se sentait moins trompée ou trahie que furieuse.

VII

Je me demande combien de temps s'est passé entre le moment où Dieu a dit « que la lumière soit » et l'apparition de la lumière. Quelques secondes de battement entre un événement et un autre déterminent parfois un changement radical dans notre vie. À quel moment l'amour se transforme-t-il en haine ? Comment en arrive-t-on là ? Quelle est l'origine d'une telle révolution ? La répétition continuelle d'actes blessants, offensants, ou un incident isolé mais suffisamment destructeur pour anéantir une relation amoureuse ? Les maisons peuvent s'écrouler petit à petit au fil des ans, elles peuvent aussi être démolies en un clin d'œil par une bombe puissante. La transformation des villes et des quartiers peut s'opérer de façon imperceptible, lors d'un tremblement de terre cela ne prend que quelques secondes. Un être humain peut s'effacer lentement ou disparaître de ce monde avec l'aide d'un coup de feu. De la même manière, l'image que nous avons d'autrui peut grandir avec le temps ou s'effondrer en un instant. Celle que nous avons de nous-mêmes, des paroles d'encouragement la renforcent ; à l'inverse, il suffit de phrases cruelles et mal intentionnées pour la détruire. La fréquentation des autres humains peut nous rendre meilleurs. Elle peut aussi définitivement briser l'estime que nous avons pour nous-mêmes. Un mot parfois, un seul, et le sentiment de sécurité acquis en plusieurs années de psychanalyse est réduit à néant. C'est pourquoi, avant de rendre visite à ma mère, j'ai l'habitude de m'armer d'une cuirasse qui me protège de ses paroles, de son ressentiment, de sa méfiance, de sa négativité.

— Bonjour, ma chérie, comment vas-tu ?

— Bien, Maman, et toi ?

— Comme ça, sans plus. Tu sais, les tracas ne manquent pas. Mais nous n'allons pas parler de moi, approche-toi que je te voie, ça faisait si longtemps que tu n'étais pas venue… Ah ! ma chérie, comme tu es maigre ! Je n'aime pas que tu t'épuises à t'occuper de ton Papa. Je te l'ai déjà dit. Ce dont tu as besoin, c'est te reposer, aller à la plage, prendre le soleil. Il faut que tu le places dans un endroit où on s'occupe bien de lui, pour que tu puisses mener une vie normale. Tu as l'air fatiguée, épuisée, j'imagine que ça doit être difficile pour tes enfants d'avoir tant de monde à la maison. Ce n'est pas juste !

— Mais ce n'est pas juste non plus d'envoyer Papa dans un asile. Nous en avons déjà discuté.

— Bon, bon. Enfin… on ne va pas continuer sur ce sujet. Je ne me mêle pas de ta vie, je dis simplement ce que je pense. À propos, comment va Perla ?

— Bien, Maman chérie. Elle est avec son fiancé.

— Ah ! ma petite ! Si tu savais combien cela me préoccupe ! Toi, distraite comme tu es par ton Papa, tu ne te rends même pas compte du gros problème qui va te tomber dessus. Tu n'auras pas assez de larmes pour pleurer le jour où ta fille, à force de s'exciter comme ça, commettra une bêtise. Tu devrais lui parler ! Ça ne me plaît pas du tout de les voir fiancés depuis si longtemps, sans se marier. La dernière fois que nous étions ensemble, je ne sais pas si tu t'es rendu compte, mais ils se fichaient pas mal de notre présence, ils se tenaient tout le temps par la main, se donnaient des baisers. Écoute, ma fille, laisse-moi te dire que quand des fiancés ne se soucient plus d'être vus ou non par les autres, ça n'annonce rien de bon.

— Maman, laisse-les vivre leur vie !

— Je ne me mêle pas de ce qui ne me regarde pas, je ne veux pas m'immiscer dans la vie de quiconque.

— À la bonne heure !

— Ce que je veux te dire, c'est que ça me préoccupe beaucoup, parce que les hommes, crois-moi, n'ont que des cochonneries dans la tête parce que ce sont tous des cochons.

Il est temps de consolider les murailles. De se retrancher derrière d'épais remparts. Ce discours, je le connais par cœur : « Les hommes sont tous pareils, ils ne pensent qu'à une chose, grimper sur tout ce qui passe, la voisine, la bonne, la femme de leur fils. Les hommes sont des porcs immondes qui se nourrissent d'ordures ; une fois ivres, ils baisent même les rats. » Je ne sais à quel genre d'homme ma mère fait allusion. Elle n'a eu, que je sache, qu'un fiancé, avec lequel elle s'est mariée, et aussi loin que remontent mes souvenirs, je ne puis me rappeler aucun trait de la personnalité de mon père correspondant à cette description. Bien au contraire, je le revois lavant la vaisselle, faisant la queue pour acheter des tortillas, préparant le rôti traditionnel du Yucatán dans la cuisine le dimanche, toujours attentif à nos moindres besoins, à Raul et à moi. Jamais je ne l'ai surpris reluquant la voisine, la bonne ou qui que ce soit. Si cela lui est arrivé, c'était loin de la maison. Sans commenter plus avant, je lève les yeux au ciel, ce qui peut être interprété de mille manières, et je change de sujet pour éviter la polémique.

— Dis-moi, ma petite Maman, et Raul ? Comment va-t-il ?

— Bien, je lui ai parlé au téléphone hier, il m'a demandé des nouvelles de ton Papa. Je lui ai répondu qu'il était très malade. Il est lui aussi d'avis que tu devrais le faire hospitaliser.

— Au lieu d'avoir des avis, il ferait mieux de téléphoner plus souvent à Papa.

— Qu'est-ce que tu crois ? Tu n'as pas vu comme il est occupé ? Et toi, au lieu de dire du mal de ton frère, tu devrais le remercier de t'envoyer de l'argent pour payer les infirmières. S'il ne le faisait pas, tu imagines le désastre ? C'est pourquoi je dis que vous devriez…

— Maman, tu sais bien que je ne vais mettre Papa nulle part. Pour moi, ce n'est pas du tout un poids, bien au contraire.

— Bon. C'est ton affaire. Ne viens pas après pleurer parce que tu es tombée malade ou parce que Perla veut quitter la maison.

— Maman, s'il te plaît !

— Si, ma fille, je te le dis comme je le pense. Je ne veux pas intervenir dans tes décisions, mais je crois que garder ton Papa à la maison te cause beaucoup de soucis, et d'ailleurs je ne sais pas pourquoi tu t'obstines tant à le défendre. La vie est bizarre parfois. La fille dont il ne voulait pas est celle qui maintenant prend son parti.

— Pourquoi dis-tu cela, Maman ?

— Parce que les choses se sont passées ainsi. Ton père, il faut que tu le saches, voulait que j'avorte quand je suis tombée enceinte de toi.

Je me rends. Il n'y a pas moyen de sortir l'esprit léger de chez Maman. Elle arrive toujours à m'assener un coup qui me prend par surprise. Je ne sais si ce qu'elle prétend est vrai, mais mon père devait avoir de bonnes raisons pour lui demander une telle chose. Au fond, que m'importe ! Ce n'est pas comme cela qu'elle va me convaincre que mon père ne m'aime pas. À aucun moment dans ma vie je n'ai eu le sentiment qu'il manquait d'affection envers moi. En y réfléchissant bien, si j'étais un homme et si j'avais épousé ma mère, peut-être n'aurais-je pas voulu avoir des enfants d'elle, mais, enfin, je ne voudrais pas tomber dans son jeu. À mon tour de mener la danse.

— À propos de Papa, il m'a chargée de te dire qu'il voudrait te parler.

— Écoute ma chérie, pour la millième fois, je te répète que c'est inutile. Pour moi, il appartient depuis longtemps au passé.

— Comme cette photo, par exemple ?

— D'où l'as-tu sortie ?

— C'est Lolita qui me l'a donnée. Quel enfant attends-tu sur cette photo, Maman ?

— Parce qu'elle est allée voir ton Papa ?

— Oui, mais tu n'as pas répondu à ma question. De quel enfant s'agit-il ?

— Eh bien de toi ! De qui crois-tu qu'il s'agit ? Regarde-moi ça ! Tous ces morts… Juanito, Lalo, Quique… tous nous ont déjà quittés. Pepito aussi, me semble-t-il. Ne parlons plus de ces gens que tu ne connais pas. Comment va Federico ? Il a enfin grossi ?

— Non, Maman, il est toujours aussi maigre. Mais pourquoi ne m'as-tu jamais dit que Papa et toi aviez eu un autre enfant ?

— C'est ton Papa qui t'a parlé de lui, n'est-ce pas ?

— Non.

— Humm ! Ce ne serait pas cette fouineuse de Lolita, par hasard ? C'est une commère qui a toujours été amoureuse de ton Papa. Elle est capable de raconter n'importe quoi, pourvu qu'elle sème la zizanie. C'est pour ça qu'elle a dû t'apporter cette photo. C'est étrange qu'elle ait justement choisi de t'offrir celle-là !

— Pourquoi cette photo devrait-elle semer la zizanie ? Où est le problème ?

— Écoute, Ambar, nous finissons toujours par nous quereller toutes les deux. Tu es exactement comme ton père. Tu n'arrêtes pas de prêter des propos aux autres, de chercher à deviner ce que l'autre est en train de penser. Je n'ai rien à cacher. Si c'était le cas, je serais parfaitement en droit de le faire. Les enfants n'ont pas à tout savoir de leurs parents ; tu aimerais, toi, que tes enfants te demandent pourquoi tu as été amenée à divorcer ? Tu leur as tout révélé ? Non, n'est-ce pas ? Alors tu as bien de l'aplomb de venir chez moi pour me juger.

— Personne n'est en train de te juger, Maman. Je te pose simplement une question.

— Eh bien ! tu n'en as pas le droit. Il ne manquerait plus que ça ! De quelle autorité morale te crois-tu investie pour m'interroger ? Qui es-tu pour venir me juger ?

— Je ne suis pas venue te juger.

— Eh bien ! on ne dirait pas, ma petite. Il vaudrait mieux que tu changes de ton. Je suis toujours ta mère, et tu dois me respecter. Quoi que j'aie pu faire. Je n'ai jamais agi inconsidérément, et je n'ai aucune explication à te donner. Depuis quand es-tu mon confesseur ? Si tu es si curieuse de la vie des autres, pourquoi ne vas-tu pas plutôt demander à ta fille le nombre de baisers sur la bouche qu'elle a donnés hier à son fiancé, et de quelle façon il l'a prise dans ses bras ? J'aimerais bien voir ce qu'elle va te répondre. La paix passe par le respect des autres. Si ce qui t'intéresse, c'est de savoir si j'ai eu un autre enfant, eh bien ! oui, j'en ai eu un, et il est mort. Si tu veux savoir comment, demande à ton Papa. Tu es contente ? C'est ça que tu aurais dû me demander, au lieu d'essayer de couper les cheveux en quatre. Et maintenant va-t'en, Ambar. Tu m'as mise en colère, et je ne voudrais pas te blesser. Jamais, tu m'entends bien, jamais je n'ai fait quoi que ce soit pour te nuire. Je crois que j'ai été une bonne mère, qui t'a donné de la tendresse, des soins, et le meilleur d'elle-même. Si j'ai commis des erreurs, elles n'ont pas été graves. Tu mériterais d'avoir eu une mauvaise mère qui t'aurait battue, une pocharde, une meurtrière ; au moins, tu aurais eu des motifs pour te plaindre. Tu aurais de quoi protester tout ton soûl.

J'ai enfin entendu ce que je voulais. Curieusement, cela ne me surprend pas. D'une certaine manière, je le savais. Ce que je retiens, c'est que, contente ou fâchée, Maman n'arrive pas à prononcer mon nom. Il paraît que c'est mon père qui l'a choisi, et moi je le trouve très beau. Lui, il m'a toujours appelée par mon nom, parfois seulement, au lieu de Lluvia, il m'appelle Chipi-Chipi — ce qui signifie une sorte de pluie légère. Maman, elle, a dû recourir à « Ambar » qui selon elle revient au même, bien que je ne voie aucun rapport. Elle n'aime pas prononcer le mot *lluvia*, la pluie, il lui rappelle l'époque où Papa et elle, jeunes mariés, ont vécu à Huichapan, et qu'il pleuvait toute la journée. À ce propos, je viens d'avoir une idée très intéressante. Reyes, quand il nous enseignait le morse, a esquissé les principes élémentaires de l'électricité afin que nous comprenions mieux le fonctionnement du télégraphe. L'électricité est le fluide produit par la friction de deux corps de nature différente ; il existe des matériaux conducteurs d'électricité et des matériaux isolants. L'eau est un matériau conducteur, et mon nom, Lluvia, aussi, bien qu'il ne puisse me servir à établir une bonne communication avec ma mère, qui ne le prononce jamais. Ambar, l'ambre, est un isolant, mais, mystérieusement, il n'empêche pas les paroles de Maman d'avoir sur moi l'effet d'électrochocs. Il me faut découvrir le matériau adéquat, sinon je ne ressortirai jamais le cœur léger d'une visite chez elle. Dans l'immédiat, il me tarde de retourner aux côtés de mon père. Ses mots à lui sont pure alchimie. Comme le courant électrique, ils possèdent cette prodigieuse faculté de transformer l'obscurité en lumière.

VIII

— Est-ce qu'il pleut, ma chérie ?

— Non, Papa. Je suis simplement en train de fixer au mur la photo offerte par Lolita.

— Mon petit… Selon toi, je confondrais maintenant le bruit du marteau et celui de la pluie ? Il ne me manquerait plus que de devenir sourd !

Lluvia se pencha à la fenêtre ; effectivement, il commençait à pleuvoir, des gouttes très légères, tombant silencieusement.

— C'est vrai, il pleut. Comment l'as-tu su ?

— Parce que j'ai vu les gouttes.

La boutade fit rire Lluvia. Son père était aveugle !

— Non, sérieusement, comment l'as-tu su ?

— Rien de plus facile. Il m'a suffi de les entendre.

— Tu les as entendues ? Incroyable ! Moi, je suis incapable de percevoir ce genre de son. Une averse, oui, mais ces petites gouttes, jamais de la vie.

— C'est parce que tu n'essaies pas. Tâche de

faire l'expérience. Tu verras que, peu à peu, tu pourras entendre plus de choses. Moi, j'ai commencé par écouter les bruits de mon corps, puis ceux de ma maison, ensuite ceux de mon voisinage et ainsi de suite jusqu'à ce que je réussisse à écouter les étoiles.

— Ben voyons !

— Mais si, je suis sérieux, Lluvia, je ne plaisante pas.

— Alors, raconte-moi ce que dit l'étoile Polaire en ce moment même.

— En ce moment précis ?

— Oui.

— Ah ! mais je ne peux pas. Ton marteau provoque des interférences. La communication est brouillée.

Lluvia et son père rirent à gorge déployée. Pour Lluvia, il était chaque jour plus agréable de pouvoir interpréter les messages télégraphiques de Jubilo. Sa maîtrise du morse avait tellement progressé qu'elle n'avait plus besoin de passer par l'ordinateur.

— Pour que tu voies que je ne mens pas, nous allons faire une expérience. Tu penses à une question, et tu te concentres sur l'étoile comme si elle t'entendait pour de vrai. Tu recevras la réponse immédiatement. Si tu n'entends rien, c'est moi qui te la donnerai.

— N'importe quelle question ?

— Oui.

— Je crois que je n'ai pas besoin d'avoir recours à l'étoile pour savoir quel est l'enfant qui est dans le ventre de Maman sur cette photo. Tu pourrais peut-être bien me répondre directement.

— Sur quelle photo ?

— Sur celle que je suis en train d'accrocher au mur.

— Il doit s'agir de Ramiro, ton frère.

— Il s'appelait Ramiro ? Et qu'est-il devenu ? Pourquoi est-ce que personne ne m'a appris son existence ?

— Personne ?

En arrivant chez lui, Jubilo apprit de la bouche de son beau-frère Juan que Lucha venait de mettre au monde leur second fils. Juan l'avait aidée à accoucher. La naissance avait été un peu compliquée, mais, fort heureusement, tout s'était bien terminé. Jubilo entra dans la chambre, s'agenouilla à côté du lit et embrassa la main de sa femme. Lucha détourna la tête. Elle ne voulait pas le voir. Elle était très fâchée contre lui. Il était quatre heures du matin. Jubilo avait bu plus que de raison, ce qui n'arrangeait rien. Quand Raul était né, Jubilo ne s'était pas séparé une minute de Lucha. Cette fois-ci, elle avait dû affronter l'événement seule. Sa mère et son frère l'avaient assistée, mais ce n'était pas la même chose. Jubilo lui demanda pardon, mais, en guise de réponse, sa femme versa quelques larmes. Le plus gênant pour elle, c'était que sa famille s'était rendu compte de la défection de son mari. Elle avait pris grand soin de ne laisser personne découvrir quel genre de vie il menait depuis quelque temps. La seule chose qu'elle n'avait pu dissimuler était le licenciement, qui avait fait grand bruit. Bien qu'ayant conservé son poste grâce à la nature des recommandations dont elle avait bénéficié au départ, elle ne se faisait aucune illusion sur les raisons véritables qu'avait don Pedro de la garder comme secrétaire. L'absence de Jubilo sur place accroissait sa vulnérabilité, pourtant elle n'avait pas voulu démissionner. Elle n'en voyait pas la nécessité, quelques semaines seulement la séparaient de son congé de maternité. Pendant trois mois, elle pourrait rester à la maison avec ses enfants et son mari, tout en continuant de percevoir son salaire. Ils auraient alors toute latitude pour réfléchir à tête reposée à la meilleure manière de résoudre leur problème d'argent. Disposée elle-même à faire des sacrifices pour sa famille, elle s'attendait à ce que Jubilo la comprenne et la soutienne. Il n'en fut pas ainsi. La première impulsion de ce dernier après le fameux incident avait été de suggérer une démission conjointe. Comme elle s'y était refusée, il n'avait eu d'autre choix que de rester à son poste pour l'épauler, prendre soin d'elle et la protéger de don Pedro. Sa mise à pied ne se fit toutefois pas attendre.

Ces derniers mois avaient été un enfer pour Jubilo. Son renvoi, fracassante démonstration de pouvoir de la part de don Pedro, l'avait profondément meurtri. L'affront était d'autant plus grave qu'il avait dû accepter que Lucha continue jusqu'au bout de rester à son poste. Sa virilité en prenait un coup. L'idée de la savoir près d'un fou comme don Pedro l'insupportait. La jalousie le tourmentait, lui ôtant le sommeil, l'appétit, toute faculté de raisonnement ; il se sentait volé, dépouillé de ce qu'il avait de plus précieux, comme si on lui avait arraché un poumon ou retaillé les oreilles, ou plutôt comme si on l'avait écorché ou comme si on avait rempli son cerveau de neige carbonique. Une peccadille le dérangeait, altérait son humeur. Il se sentait mal. Un chalumeau embrasé lui brûlait la peau de l'intérieur. Dans son esprit repassait de façon répétitive, comme un disque rayé, ne lui laissant pas une seconde de paix, une scène qu'il ne pouvait oublier : don Pedro caressant le ventre de Lucha. Ce chien. Il avait osé toucher ce qu'il y avait de plus sacré pour Jubilo. Ses paluches dégoûtantes. Sur le corps de sa femme, profanant son temple, sa déesse, l'amour de sa vie. Lucha était innocente, il le savait bien. Cependant il lui était difficile de lutter contre un sentiment d'irritation à son endroit. Comment était-il possible qu'elle continue d'aller travailler comme si de rien n'était ? Sa rage l'étouffait, contre Lucha, contre don Pedro, contre le monde entier. Il faisait un effort énorme pour que sa famille ne remarque rien, essayant de se montrer aussi tendre, aussi joyeux que d'habitude, mais tous remarquaient qu'il n'était plus le même. Son rire était devenu un rictus. Les premiers jours, quand Lucha partait travailler et que Raul était à l'école, Jubilo retournait au lit. Les draps étaient encore imprégnés de la chaleur et de l'odeur de sa femme adorée. Pour ne pas perdre la raison, il essayait de penser à autre chose qu'à don Pedro. « Les Chansonniers du Sud », son émission de radio favorite sur XEW, ne le détendait pas, pas plus que la musique, naguère source de tant de joie. Elle lui rappelait le temps où il avait rêvé d'être lui-même chanteur, et le replongeait dans les affres de la solitude. Sans Lucha et Raul, le silence qui régnait l'accablait et Jubilo allait et venait, désœuvré, parcourant lentement chaque pièce, avant de sortir acheter le journal au kiosque du coin de la rue. Il revenait pour le lire chez lui, assis dans la salle de séjour. À l'autre extrémité de la maison, l'horloge de la salle à manger résonnait comme un glas à ses oreilles ; toutes les quinze minutes, une suite de notes s'égrenait, le carillon, lui, se mettait en marche à l'heure juste. Envahissant et lugubre son. Neuf heures, puis dix. Midi. Jubilo savait exactement qui faisait quoi et à quel moment, au bureau. À quelle heure Lucha se rendait aux toilettes, quand Chucho se mettait à lire le journal. Maintenant, Reyes se prépare à aller boire une tasse de café, dans un instant Lolita se repoudrera le nez. Tout se gâtait quand il passait à don Pedro. Une série de pensées sombres, celles qu'il essayait d'éviter, se déclenchait automatiquement, retournant le fer dans ses plaies. Don Pedro ouvrant la porte de son bureau, demandant à Lucha d'entrer car il avait une lettre à lui dicter ; Lucha se levant de son siège en tenant son gros ventre. Regard lascif de don Pedro sur les hanches de la jeune femme, suivi d'un sourire plein de sous-entendus. Et lui, Jubilo, assis là à ne rien faire. Ne pas voir ni entendre Lucha le rendait fou, il bouillonnait intérieurement de l'impossibilité dans laquelle il se trouvait d'agir. Atroce châtiment que le sort lui imposait là. Pire que tout, le voile de la jalousie se déployait, déformant la réalité, distordant sa vision, tel un théâtre d'ombres. Des monstres et des fantômes redoutables se dressaient, énormes, invincibles, menaçants. Afin de conquérir sa liberté, il aurait fallu que Jubilo puisse atteindre cette lumière qui transforme n'importe quelle ombre en crocodile, de l'autre côté de l'écran de tissu translucide. Hélas, il ne savait pas lui-même quand il retrouverait le soleil. Il ne voyait de lumière qu'en Lucha, le bonheur de sa vie.

La possibilité de transformer la nuit en jour avait été l'un des événements majeurs du siècle, et l'invention d'appareils fonctionnant à l'énergie électrique avait modifié le mode de vie des habitants des grandes villes. Grâce à la radio, le cercle de famille, au Mexique, s'était élargi. Chez les Chi, par exemple, la famille se composait de Jubilo, Lucha, Raul, plus les chanteurs Agustin Lara et Guty Cardenas. L'électricité coupée, la famille se désintégrait, il ne restait plus que Jubilo, Lucha et Raul. Et quand sa femme et son fils n'étaient pas présents, c'était pire qu'une panne de courant. L'esprit de Jubilo battait la campagne, n'en pouvant plus de silence et de solitude. Lucha ne l'avait-elle pas non seulement réduit à la condition d'orphelin en continuant à travailler avec don Pedro au lieu de le soutenir, lui, mais, en plus, n'avait-elle pas voulu faire comme si rien ne s'était passé ? Don Pedro lui avait bien caressé la poitrine, et ce fut en réponse à une telle audace que Jubilo l'avait frappé. Le cacique s'était vengé en renvoyant le mari justement courroucé. Le vieux lubrique avait à présent les mains libres, il pouvait passer son temps à déshabiller Lucha du regard… Aux critiques de son mari, celle-ci opposait un regard sévère, se contentant d'afficher une normalité qui n'existait pas. Elle se rendait complice d'un délit : celui de l'impunité. Jubilo était affligé de voir sa femme et ses collègues la bouche cousue, victimes de toutes sortes d'injustices, pourvu qu'ils conservent leur poste. Eh quoi ? N'existait-il pas d'autres façons de gagner sa vie, sans perdre sa dignité ? Ne voyaient-ils pas que don Pedro, hormis son argent et son titre, n'était rien ? Ne l'avaient-ils pas vu rouler comme un ballot au bas de l'escalier ? Quel besoin avaient les gens de se couler dans un moule, courbant l'échine, résignés à trembler devant un type pourri, corrompu ?

Dans ces moments-là, ah ! comme sa grand-mère lui manquait ! Doña Itzel s'était toujours distinguée par son esprit clair et analytique. Toujours en première ligne dans les luttes sociales, elle aurait certainement organisé une révolte au sein du Bureau des Télégraphes si elle avait encore été de ce monde, chacun aurait été remis à sa place. Jubilo se demandait quelle aurait été la réaction de doña Itzel en apprenant que le développement tant redouté d'elle s'était glissé jusque dans les foyers, maintenant que chaque maison ou presque avait sa radio, son téléphone. La télévision venait d'être brevetée. Les gens mouraient tous d'envie d'acquérir l'un de ces appareils qui permettaient de voir à distance. Les craintes de doña Itzel étaient fondées. Le progrès n'était pas aussi inoffensif qu'on le croyait. Le propriétaire d'une station de radio ou d'une chaîne de télévision décidait de ce que le public écouterait ou verrait. C'était dangereux, sa grand-mère s'en serait rendu compte. Ce contrôle sur le contenu des programmes était propice à une manipulation orientée de l'information, donc de l'opinion.

Jubilo ne se considérait pas comme un saint. Lui-même avait passé sa vie à modifier les messages, mais dans le seul but, il faut le souligner, d'améliorer les relations humaines. Nombreux en revanche étaient ceux qui avaient relié des populations auparavant isolées à des fins purement spéculatives. Tout prenait une valeur marchande, donc tout devenait manipulable, exploitable, corruptible, commercialisable. Il lui était facile d'imaginer sa grand-mère face à cette situation : elle ôterait son cigare de sa bouche et lui demanderait à brûle-pourpoint :

— Qu'est-ce qui t'arrive, Jubilo ? Comment se fait-il que tu laisses un homme qui se moque comme de l'an quarante de la communication être le directeur du Bureau des Télégraphes ? Cela me fend le cœur de voir que tout va à vau-l'eau. Une révolution a eu lieu pour un Mexique meilleur, et maintenant que ceux qui l'ont faite sont tous six pieds sous terre, ces opportunistes profitent de leur lutte. Comment peux-tu tolérer cela ? Tu n'as donc pas de couilles ? Un homme sans morale et sans scrupule, que ce don Pedro, et tu le laisses à côté de Lucha pendant que tu passes ton temps à te lamenter sur tes misères ! Secoue-toi ! Lève-toi et fais quelque chose !

Mais qu'y pouvait-il ? Dans son agitation, Jubilo ne tenait plus en place. Une promenade le calmerait. Il sortit. Oui, qu'y pouvait-il ? Obliger Lucha à démissionner ? Primo, elle n'était plus une petite fille à qui on pouvait dicter sa conduite ; secundo, comment la nourrirait-il ? Si au moins il avait fait des études de droit ou de médecine comme certains de ses beaux-frères, au lieu de s'obstiner à devenir télégraphiste, il ne se retrouverait pas dans une situation aussi désastreuse. Un raté. Voilà ce qu'il était. D'autre part, l'arrivée des transmissions radio réduisait singulièrement les perspectives offertes aux gens de sa profession. Il n'y avait pas de doute, Lucha devait quitter son travail. Mais comment s'y prendre ? Quel serait le moment opportun ? Dans l'immédiat, il lui fallait admettre que la famille dépendait du salaire de sa femme. Le sentiment de sa propre inutilité le torturait. Fort heureusement, son travail à la Compania Mexicana de Aviacion, auquel il se rendait chaque soir, atténuait la sensation d'échec. N'était cet emploi, il se serait déjà coupé les veines. Tous ses déboires procéderaient-ils d'une prédestination de caractère cosmique ? Le quartier qu'il aimait tant continuait d'être en accord avec l'ordre naturel, l'ordre sacré des choses. Les bigotes entraient dans l'église tous les jours à la même heure, l'horloge du musée de Géologie sonnait avec ponctualité, les petits pains de la boulangerie La Rosa sortaient du four, qu'il pleuve ou qu'il vente, à sept heures du matin et à une heure de l'après-midi. Le docteur Atl faisait sa promenade comme à l'accoutumée. Le rémouleur arrêtait toujours sa bicyclette à l'angle de la rue. Les ménagères jetaient des seaux d'eau sur les trottoirs et balayaient méticuleusement avant que les enfants sortent de l'école. Tous suivaient un rythme préétabli. Est-ce que ce rythme pouvait être rompu ? Dans quelle mesure Jubilo pouvait-il bousculer cette organisation ? Était-il donné à un simple mortel de changer le cours des événements ? Son destin serait-il déjà scellé sans espoir d'être modifié ? Quel était le lieu qu'il devait occuper, le poste précis qui l'attendait ? Favoriser la communication des gens entre eux et aimer Lucha. À part cela, il n'était capable de rien d'autre, ne voulait rien d'autre. Dès l'enfance, il avait décidé qu'il consacrerait son existence à élever l'état d'âme de ses semblables ainsi que la qualité des relations qu'il entretenait avec eux. Tout bien considéré et sans se vanter, il s'acquittait fort bien des tâches qu'il s'était fixées. La communication et l'amour qu'il portait à Lucha, voilà à quoi se résumait la vie. Au premier regard qu'il avait posé sur celle qui allait devenir sa femme, il avait ardemment désiré être à côté d'elle pour toujours, souhaité qu'elle soit la dernière personne qu'il verrait avant de mourir. Ses plans ne coïncidaient guère, il était obligé de le constater, avec le tournant que le monde était en train de prendre.

Désorienté, déconnecté pour la seconde fois de son existence, il se retrouvait en proie à une grande frustration. Et, comme par hasard, don Pedro était de retour sur la scène. La seule évocation du directeur du Bureau des Télégraphes mettait Jubilo dans une rage folle. S'il l'avait eu en face de lui, comme il se serait défoulé… Il lui aurait flanqué tellement de coups de pied dans les parties que le bougre en serait resté impuissant. Il lui aurait versé de l'huile bouillante dans les yeux pour qu'il n'ait jamais plus l'audace de lancer un regard indécent à sa femme ou à aucune autre. Et ses mains ! Ses mains, avec lesquelles il avait osé toucher Lucha… ! Avec lesquelles il volait les paysans, tuait les innocents, ses mains qui avaient signé la feuille de licenciement, comme il aurait adoré les inciser de mille petites entailles à l'aide de feuilles de papier, ensuite il les aurait enduites de jus de citron au piment… Et adieu la branlette ! Ce saligaud de don Pedro était certainement en train de se masturber en pensant aux seins de Lucha. Au moment où il avait effleuré la poitrine de la jeune femme, il devait mourir d'envie de lui caresser le téton tout entier, de le sortir du soutien-gorge, de le sucer goulûment. Sa femme si désirable — Jubilo était payé pour le savoir. Le jour où Lucha lui avait pris la main pour la poser sur sa poitrine, invite dénuée d'ambiguïté, il avait failli mourir d'une attaque. Expérience inoubliable, que la première fois… La douceur d'opale de ses seins d'adolescente, toutefois, ne pouvait en rien se comparer à la rondeur, la plénitude que leur conférait la grossesse. Chaque jour il la caressait avec plus de plaisir. Quel homme pouvait se vanter d'avoir découvert l'amour dans les bras d'une aussi belle femme que Lucha ? Il avait tout appris avec elle, à embrasser, à caresser, à lécher, à pénétrer. Ensemble, ils avaient trouvé la meilleure façon de se donner du plaisir l'un à l'autre. La main était l'organe érotique par excellence pour Jubilo, son instrument de prédilection pour donner et recevoir un maximum de plaisir. Le pénis ne servait qu'à caresser l'intérieur ; la main, elle, ne se contentait pas du vagin, elle pouvait caresser tout le corps de Lucha. Les zones érogènes de sa femme n'avaient plus de secret pour Jubilo. Il savait fort bien où et comment glisser ses doigts et la paume de sa main. Parmi les points les plus sensibles, la poitrine jouait un rôle prépondérant ; Jubilo faisait preuve d'une dextérité inégalée pour caresser le plus réceptif de ses mamelons sans faire mal à Lucha, pour le sucer et le mordiller en expert, sans meurtrir la peau délicate.

Soudain, il reçut un coup sur la tête. Un ballon tombé du ciel le tira de sa rêverie. Les rires des petits enfants qui jouaient dans le square retentirent. Jubilo leur renvoya le ballon, et sourit. Soudain il se sentit coupable d'être assis sur un banc public à penser aux mamelons de Lucha face à ces innocentes créatures, au lieu d'être en train de travailler. Redoutant d'avoir l'air d'un traîne-savate, il se pencha sur la page de mots croisés, histoire de garder une contenance. Les gens sont généralement jugés sur leurs actions. On les apprécie selon leur niveau de revenus. D'un point de vue comme de l'autre, il ne se sentait personne. Un homme sale et titubant s'installa à côté de lui, forçant Jubilo à interrompre son activité. C'était

Chueco Lopez. Il avait une gueule de bois carabinée, et mit un certain temps à reconnaître Jubilo. Quand enfin il l'identifia, il tomba dans ses bras, pleurant sur son épaule, l'appelant « mon frère », et l'invita à boire un verre à la taverne. Perdre son temps en la compagnie de Chueco n'enchantait pas particulièrement Jubilo, mais, n'ayant rien de mieux à faire, il accepta l'invitation. Naturellement, Chueco Lopez n'avait pas d'argent, ce fut Jubilo qui paya. Il s'en contrefichait, car il découvrait les effets fantastiquement anesthésiants de l'alcool. Pendant un bon moment, il n'éprouva plus aucune souffrance. Euphorique comme il ne l'avait pas été depuis bien longtemps, il oublia Lucha et ses seins, don Pedro et sa main baladeuse, il oublia qu'il était à moitié sans emploi. À partir de ce jour, il se transforma en pilier de l'établissement. Après quelques verres, il voyait la vie différemment. Il pouvait raconter des blagues, être drôle, provoquer l'hilarité des habitués. La métamorphose fut remarquable. Sa recherche obstinée d'un travail cessa aussitôt ; au bistrot, où les poivrots l'avaient rapidement adopté comme confident, il se sentait utile. Après avoir accompagné Raul à l'école, il prenait immédiatement le chemin de la taverne. C'était vraiment l'endroit idéal pour passer la matinée. Là, il rencontrait toujours quelqu'un avec qui jouer aux dominos, deviser, trinquer à la gloire des femmes. Son tabagisme augmenta, il fumait trois paquets de cigarettes par jour. Il ne décollait pas du lieu avant que l'horloge du musée de Géologie sonne l'heure d'aller chercher son fils, qu'il amenait chez ses beaux-parents. Puis un bus le déposait à l'aéroport où, puant l'alcool et le tabac mais gai comme un pinson, il prenait son poste d'opérateur radio jusqu'à ce que, sa nuit de travail terminée, il rentre et se mette au lit avec Lucha. Collé contre elle, la main sur le gros ventre où battait le cœur de son enfant, l'existence avait un sens.

Petit à petit, sa routine commença à varier. Plutôt que de se lever, faire sa toilette et s'habiller pour aller à la taverne, il préféra rester au lit en pyjama. Bientôt il ne voulut plus se raser. Vint le jour où il ne se présenta pas à son travail de la Compania Mexicana de Aviacion. N'importe quel psychanalyste aurait diagnostiqué une grave dépression. Lucha, qui avait feint de ne rien remarquer et qui, elle, n'était pas déprimée, finit par exploser. Qui devait aller au bureau et repousser les avances de don Pedro, d'une manière ferme mais courtoise afin de ne pas susciter sa colère ? Qui devait supporter, en dépit des nausées que cela provoquait en elle dès qu'il l'approchait, l'odeur d'alcool qu'exhalait le corps de Jubilo ? Elle devait manger, même si elle n'avait pas faim, à cause de l'enfant, qui n'était pour rien dans ce sac de nœuds ; et cet enfant, Lucha priait Dieu qu'il naisse sain bien qu'il eût été caressé par la main de don

Pedro. Arrivant fatiguée du travail, il lui fallait encore faire le lit, la vaisselle, préparer le dîner de Raul, jouer un moment avec lui avant qu'il s'endorme. Gardant pour elle ses griefs, elle s'était retenue de demander de l'aide à Jubilo — qui traversait une mauvaise période, elle en convenait — mais, là, elle était à bout. Si Jubilo croyait qu'il lui avait été très facile de se taire et de ne rien dire, il se trompait. Trop, c'était trop. Elle n'était plus prête à accepter la désaffection de son mari, devenu même incapable de faire l'amour. Et voilà que Jubilo ne voulait plus travailler, alors même qu'elle était sur le point d'accoucher, cela dépassait les bornes. La discussion dura un bon moment. La véhémence avec laquelle Lucha manifesta toute son exaspération produisit plus d'effet qu'une séance de psychanalyse. Le lendemain, Jubilo retourna à l'aéroport, non sans un détour à la taverne où il s'enivra copieusement. Lucha, désespérée, se rendit compte qu'elle ne pouvait plus compter sur lui. Elle était seule.

Heureusement, la date du congé de maternité tant attendu arriva. Lucha ne travaillant plus, les problèmes du couple diminuèrent. Les souffrances de Jubilo s'évanouissaient du moment qu'il pouvait entendre, voir, toucher sa femme. Il préférait naturellement être avec elle plutôt qu'à la taverne. Tout rentra dans l'ordre avec la présence de Lucha à la maison. Les matinées de Jubilo étant libres, ils allaient ensemble au marché, préparaient les repas ensemble, se baignaient ensemble, allaient chercher Raul de conserve et dînaient avant que Jubilo parte pour l'aéroport. Soudain, son renvoi du Bureau des Télégraphes se transforma en quelque chose de positif. Tous deux formaient à nouveau un couple d'amoureux unis, très heureux. Qu'importe si le gros ventre de Lucha ne se prêtait plus à leurs galipettes favorites, ils s'entendaient mieux que jamais. Décrocher un second emploi pour lui ne leur paraissait plus une priorité. Jubilo en oubliait presque l'existence de don Pedro dont le nom n'était jamais mentionné entre eux. Jusqu'au jour où un appel téléphonique le ramena à la réalité. Il rentrait chargé des tortillas qu'il venait d'acheter, quand, passant devant leur chambre, il surprit Lucha au téléphone ; elle était assise sur le lit, visiblement nerveuse. Tendant sans en avoir l'air l'oreille qu'il avait fine, il continua son chemin pour ne pas paraître indiscret, et s'occupa de mettre la table pendant que Raul se lavait les mains. Après avoir raccroché, Lucha entra dans la salle à manger. Dès qu'elle ouvrit la bouche, Jubilo comprit que c'était don Pedro qui avait appelé. Ce fut cependant sur un ton neutre qu'il demanda :

— Qui était-ce ?

— Don Pedro.

— Et que voulait-il ?

— Rien. Simplement savoir comment j'allais, et si nous avions déjà décidé qui serait le parrain de l'enfant.

— Que lui as-tu répondu ? Il ne pense tout de même pas être le parrain de mon enfant !

— Il semble que si.

— J'espère que tu lui as dit qu'il n'en est pas question.

— Je ne le lui ai pas dit ouvertement. Je lui ai fait savoir que nous n'avions pas encore pris de décision, que nous y réfléchissions. Qu'avant toute chose, il fallait que j'en parle avec toi.

— C'est la meilleure ! Il est vraiment gonflé ! Comment est-ce qu'une telle lubie a pu lui traverser la tête ?

— Calme-toi, mon amour. Raul va t'entendre.

— Qu'il m'entende ! Et toi, Lucha ? Pourquoi ne pas lui avoir opposé un non catégorique ? Tu as peut-être envie d'être son entremetteuse ?

— Bien sûr que non ! Je ne veux absolument pas qu'il s'approche de mon enfant. Mais il ne faut pas pour autant que je sois grossière avec lui.

— Non, bien sûr que non ! Ce monsieur mérite tout notre respect !

— Ce n'est pas ça non plus, Jubilo, mais je ne vois pas pourquoi j'envenimerais mes relations avec lui. Après tout, c'est mon patron. Dans quelques mois, je vais devoir revenir travailler à côté de lui, et je ne veux pas d'histoires.

— Tu n'as aucune raison de me jeter à la figure que tu es la seule à travailler dans cette maison.

— Moi ? Tu es devenu fou ?

— Qu'est-ce qu'il y a, Maman ?

Le visage effrayé de Raul mit un terme à la discussion. À la fin du dîner, Jubilo sortit et ne revint qu'à quatre heures du matin, après la naissance du bébé.

Le nouveau membre de la famille Chi était aussi beau que braillard, et devint rapidement le plus grand défi que Jubilo eût jamais eu à relever. En effet, Ramiro pleurait jour et nuit. Son père était indéniablement le seul à pouvoir le calmer, car, en règle générale, le talentueux télégraphiste qu'il était interprétait aisément les plaintes des enfants. Cette fois, il se heurtait à d'énormes difficultés et avait du mal à déchiffrer les appels du nourrisson. Cela avait été beaucoup plus facile avec Raul. Sans jamais une hésitation, Jubilo devinait ses besoins, s'il avait faim, s'il voulait qu'on lui change ses couches. Dans le cas de Ramiro, rien de tel. Il ne comprenait goutte à ses appels, recevoir un télégramme en russe eût été plus aisé. Avant qu'il puisse saisir approximativement ce que le nourrisson voulait, plus d'une demi-heure d'attention était nécessaire. Durant tout ce temps, Jubilo devait supporter ses cris — tous ceux qui ont subi les hurlements d'un bébé sauront de quoi je parle. Lucha devenait folle avec cet enfant. Elle était très reconnaissante à son mari de s'en occuper avec dévotion. Au début, elle avait cru qu'il cherchait à se faire pardonner, mais très vite l'intérêt sincère qu'il éprouvait pour son second fils devint évident. Jubilo tentait d'établir avec le cadet la même relation qu'avec l'aîné. Il chantait pour lui, le portait et le berçait avec une tendresse non feinte. Le plus souvent, l'énergumène, infatigable, continuait de pleurer. Ramiro était arrivé dans ce monde sans mode d'emploi ; Jubilo dut se fier à son instinct et emprunter la voie de ses ancêtres dans l'exercice de la paternité : essayer, puis corriger à vue. En attendant de se faire une religion, la famille Chi dansa au rythme de la musique jouée par Ramiro. Le nouveau-né prit le contrôle de toutes les activités domestiques. Quand il dormait, tous devaient en profiter pour se reposer un moment, et dès qu'il se réveillait, c'était le branle-bas de combat. Pas moyen de continuer de dormir, le niveau des décibels qu'il était capable de produire était assourdissant, atteignant de telles stridences que les voisins finirent par se plaindre. L'on s'enquit de son bien-être, était-il bien nourri, n'avait-il pas des problèmes de santé ? Mais non. Ce bambin se portait à merveille. La vue, l'ouïe étaient normales, l'émission de sons, inutile d'en parler ; motricité et réflexes correspondaient parfaitement au développement d'un enfant de son âge, fonctions excrétoires : R.A.S. Aucun symptôme de déséquilibre physiologique. Non, c'était autre chose. Même Jubilo y perdait son latin. Il se mit en devoir d'étudier les réactions de son fils à certains stimuli, et finalement comprit que c'était l'alcool qui l'incommodait. L'heureuse révélation eut lieu un dimanche après-midi où son beau-frère Juan était venu lui rendre visite. Ramiro, jusque-là parfaitement calme dans les bras de son père, éclata de fureur quand les deux hommes prirent un verre de tequila. Les poings serrés, gesticulant, il tremblait comme devant un croquemitaine invisible. Savait-il qu'à sa naissance l'alcool avait éloigné son père du lit où sa mère accouchait ? Craignait-il que la boisson ne les sépare à nouveau ? Ce fut en tout cas une découverte cruciale pour Jubilo, qui s'abstint dès lors de boire. La vie familiale reprit son cours ordinaire, Ramiro commença à sourire, devint un bébé adorable. Toute la famille vécut des mois si heureux que, lorsque vint le jour où Lucha dut reprendre son travail, son mari et ses deux fils faisaient triste mine. Elle pouvait se rendre au bureau l'esprit tranquille puisque Jubilo, toujours à moitié au chômage, restait à la maison et s'occuperait de Ramiro. L'après-midi, quand sonnait l'heure pour Jubilo d'aller à l'aéroport, Ramiro et Raul étaient conduits chez les parents de Lucha où celle-ci les retrouvait en fin de journée. Cette nouvelle routine se poursuivit sans heurts, la vie familialc semblant un long fleuve serein, jusqu'à ce qu'un incident tragique vînt semer le chaos et le désarroi, bien plus encore que ne l'avait fait la naissance de Ramiro.

La tâche de Jubilo à la Compania Mexicana de Aviacion consistait à établir le contact avec les pilotes au moyen d'un radiotéléphone. Il leur transmettait des instructions commandées par les conditions météorologiques et l'état des pistes, recevait à son tour les informations fournies par les pilotes sur leur position de vol. Un jour, alors que Jubilo était en train de converser avec l'un d'eux, dont l'avion venait de décoller, la communication commença à se brouiller. La liaison s'interrompit malgré les efforts de l'opérateur radio, et peu de temps après l'appareil s'écrasait. Le pilote figurait parmi les nombreuses victimes de la catastrophe. Jubilo, qui entretenait avec lui des liens d'amitié, s'en trouva bouleversé ; il se tenait pour responsable du drame. Or, la véritable cause de l'accident était en réalité les taches solaires. Le sentiment de culpabilité qu'éprouvait Jubilo n'avait aucun fondement. Il aurait pu surmonter sa détresse s'il avait pu parler avec sa femme de sa terrible expérience, en rentrant chez lui le soir, mais il la trouva dormant à poings fermés et n'eut pas le cœur de la réveiller. Toute la nuit il chercha en vain le sommeil, et le matin n'eut pas une seule fois l'occasion de se soulager de son fardeau. Prendre son bain, s'habiller, donner le sein à Ramiro, préparer le petit déjeuner de Raul : Lucha était trop accaparée par ses obligations domestiques. Son mari, de son côté, devait changer les couches du petit, les mettre à tremper dans une cuvette, et enfin faire la vaisselle. Bref, impossible de converser calmement. Quand Lucha et Raul quittèrent la maison et que Ramiro se fut endormi,

Jubilo eut tout le loisir de repenser à ce qui s'était passé quelques heures auparavant. Complètement démoralisé, il préféra se faire porter malade, ne se sentant pas en état de travailler. Il paraissait urgent de parler à quelqu'un, afin de se délivrer du poids qui l'oppressait. La taverne semblait tout indiquée. Toutefois il résista à la tentation, préféra attendre la fin de la journée ; il irait chercher sa femme, l'emmènerait dîner. C'était à elle qu'il voulait confier sa peine.

Leticia, l'une de ses sœurs, à qui il demanda de s'occuper des enfants, l'accueillit avec bienveillance et compréhension car c'était ce jour-là l'anniversaire de Lucha. Que Jubilo veuille le fêter en tête à tête avec sa femme, quoi de plus normal. Au bureau, les collègues eux aussi avaient préparé leur surprise, même don Pedro avait concocté une façon originale de célébrer l'événement. Très tôt ce matin-là, il avait appelé Lucha pour solliciter une faveur exceptionnelle. Elle qui s'était toujours distinguée par son bon goût en matière vestimentaire, elle pourrait peut-être le conseiller ? Il avait en effet un cadeau à faire à une grande dame. L'accompagnerait-elle, afin de l'aider à choisir ? L'heure de la pause venue, ils se rendirent ensemble au Palacio de Hierro où il ne fallut pas longtemps à Lucha pour jeter son dévolu sur un magnifique foulard de soie d'une élégance confondante. L'objet prestement emballé dans un paquet-cadeau, le directeur et sa secrétaire reprirent sans tarder le chemin du bureau. Au moment de traverser la chaussée qui les séparait du bâtiment, don Pedro prit galamment Lucha par le bras. À cet instant précis, Jubilo faisait son apparition au coin de la rue. Il ne manqua pas de voir le couple riant, désinvolte. Don Pedro tenait une boîte ornée d'un gros nœud rouge.

Au lieu de pénétrer à son tour dans le Bureau des Télégraphes, l'ancien télégraphiste préféra revenir sur ses pas ; marcher le calmerait un peu. Mieux valait éviter une scène de jalousie en public. Ayant repris le contrôle de ses émotions, il se décida à aller chercher sa femme, qu'il trouva en train d'essayer un foulard. Son sang ne fit qu'un tour. Sur le bureau de sa Lucha, il reconnut la boîte qu'il avait vue un moment auparavant entre les mains de don Pedro. Dissimulant sa colère, il voulut savoir qui avait fait ce cadeau à Lucha ; elle répondit que c'était Lolita, de peur d'irriter son mari en mentionnant le nom de don Pedro. D'autre part, la jeune femme pensait qu'il aurait été indélicat de rappeler à Jubilo quel jour spécial c'était. Il semblait avoir oublié son anniversaire. Ce qui était la vérité : entre son insomnie de la nuit précédente et sa conscience tourmentée, comment s'en serait-il souvenu ? De toute façon, il se serait contenté d'acheter quelques fleurs à son épouse chérie, certainement pas un présent coûteux. Ce genre de gage d'amour, ce n'était pas sa tasse de thé, contrairement à don Pedro. Lucha, qui s'était habituée à se passer de gâteries, ne put que se sentir flattée quand son directeur lui offrit le foulard choisi par elle le matin même, alors qu'elle ignorait à qui ce présent était destiné.

Don Pedro avait donc recommencé à faire la cour à sa femme. Le plus préoccupant, c'était que, cette fois-ci, elle ne semblait pas trouver cela désagréable. Sinon, comment expliquer qu'elle lui ait menti ? La joie manifestée par Lucha était davantage due à la présence de son époux au bureau qu'au foulard. Jubilo se montra incapable de faire la part des choses. Son appareil récepteur semblait être endommagé. Son esprit confondait les codes. Les signes qu'il recevait de l'extérieur se mélangeaient en un embrouillamini indéchiffrable. Dans des conditions normales, son cerveau était d'une grande précision, il comprenait la raison pour laquelle les gens disaient « je te hais » pour « je t'aime » et vice-versa. Pourtant, sa femme était à présent d'une opacité comparable à celle d'Enigma, cette machine inventée par les Allemands pendant la Seconde Guerre mondiale pour coder et décoder des messages. Les transmissions radio furent une arme essentielle lors de ce conflit. Cependant, intercepter les signaux était un jeu d'enfant pour l'ennemi, il suffisait de régler l'appareil de réception sur la fréquence d'émission. En outre, l'armée allemande, fidèle à sa discipline rigide, avait pour habitude de lancer ses ordres à la même heure chaque jour ; ses communications étaient facilement captées par les troupes alliées. Aux fins de pallier cette vulnérabilité fut inventé un appareil de cryptage qui consistait à remplacer chaque lettre par une autre. Le dispositif comportait un clavier de machine à écrire ordinaire relié à vingt-six cylindres correspondant à chaque lettre de l'alphabet, chacun de ces cylindres étant susceptible de produire des milliers de combinaisons. La seule manière de déchiffrer un message en code était de connaître la position de ces rotors au début du texte — chose pratiquement impossible. Un appareil autorisant le décodage, semblable à l'Enigma des Allemands, ne put être élaboré que grâce à la collaboration de plusieurs éminents mathématiciens dont le difficile travail se fonda sur la fréquence d'apparition de telle ou telle lettre. Enfin, ils purent créer le Poisson, un télétype codant et décodant à grande vitesse. Après la guerre, cette entreprise qui avait exigé tant d'heures de travail ne se révéla pas vaine. Elle servit à accélérer le développement des ordinateurs. Il serait possible, sans exagération, de comparer l'esprit de Jubilo à une machine cryptographique sophistiquée qui, maintenant hors d'usage, commettait des erreurs d'interprétation.

Sa femme était heureuse de le voir, elle n'était pas heureuse parce qu'elle avait un nouveau foulard. La différence était énorme. À cause des taches solaires, et pour la deuxième fois dans sa vie, Jubilo n'avait pas perçu cette nuance de taille. Les taches solaires en pleine activité interféraient avec tous les systèmes de communication radio. Les conséquences de ce phénomène pouvaient être catastrophiques et Jubilo, tant dans sa vie professionnelle que personnelle, était le premier à en pâtir. Sa jalousie fut cependant vite désamorcée par l'enthousiasme de Lucha. Décidant de prendre l'initiative, elle le couvrit de baisers, le serra dans ses bras.

— Je savais que tu n'aurais pas oublié mon anniversaire !

Jubilo s'en voulut immédiatement. Comment avait-il pu oublier cette date ? Depuis que Lucha avait treize ans, ils l'avaient célébrée ensemble chaque année. Surmontant son trouble et son vague à l'âme, il fêta son épouse comme il se devait en l'invitant à dîner au Café Tacuba. Le repas produisit sur eux l'effet d'un puissant aphrodisiaque. Le Café Tacuba faisait partie de leur histoire sentimentale. Là, Jubilo avait demandé la main de Lucha, ce fut là aussi qu'elle lui avait annoncé la venue de leur deuxième enfant. D'être assis à la même table, la même serveuse s'occupant d'eux, eut le don d'apaiser Jubilo. Il redevint lui-même, évoqua le drame qui l'avait tant perturbé, et reçut de sa femme tout l'appui, toute la sympathie qu'il pouvait attendre d'elle et dont il avait besoin. Sa main dans la sienne, il s'aperçut que la lumière était revenue. L'énergie amoureuse se remit à circuler entre eux. Ils expédièrent la fin du dîner pour rentrer à la maison, il leur tardait de retrouver les plaisirs de l'amour. Pour son anniversaire, Jubilo offrit à Lucha la plus belle nuit qu'elle eût jamais connue et qu'elle connaîtrait jamais.

Ils se réveillèrent endoloris de leurs ébats mais revitalisés, bien que n'ayant pas fermé l'œil. Lucha se dépêcha de choisir les vêtements qu'elle porterait pour aller travailler, les moins voyants possible, ceux qui la mettraient à l'abri des regards indiscrets de son patron. Après un long baiser à son mari, elle partit en courant, laissant Jubilo s'occuper de Raul et Ramiro. À partir de ce moment, les choses se précipitèrent à une vitesse extraordinaire. Une série d'événements imprévisibles allait les faire passer de la félicité à l'enfer.

Jubilo avait déjà deux nuits blanches derrière lui, la première causée par la catastrophe aérienne, l'autre par l'amour. La deuxième l'avait suffisamment requinqué pour qu'il puisse surmonter son épuisement et se montrer plus rentable que d'ordinaire au travail. Ses accumulateurs étaient tellement rechargés qu'il n'éprouva aucune fatigue jusque tard dans la nuit, au moment d'ouvrir la porte de sa maison. Lucha n'était pas là. À sa place, il trouva sa belle-mère qui se chargea de lui expliquer du mieux qu'elle put la surprenante absence de sa fille. Elle avait téléphoné du bureau, ne pouvant aller récupérer les enfants. Il y avait eu une urgence. Madame Lascurain avait donc ramené elle-même ses petits-enfants chez eux.

Lucha rentrerait tard. Quel type d'incident avait bien pu retenir sa femme au Bureau des Télégraphes, Jubilo ne parvint pas à le deviner. Remerciant sa belle-mère, il prit la relève, coucha ses deux fils, s'allongea dans son lit et alluma la radio. L'émission « La Hora Azul » était déjà commencée. La voix d'Augustin Lara inonda la chambre :

Soleil de ma vie
Lumière de mes yeux
Mes mains caressent ta peau lisse
Mes pauvres mains, ailes brisées,
Crucifiées sous tes pieds.

L'image de Lucha crucifiée sur le lit se dessina devant Jubilo. Il la vit telle qu'elle avait été la nuit passée, en feu, passionnée, chavirée d'amour. Le souvenir du regard de Lucha totalement abandonnée dans l'extase le réchauffa. Quelle femme il avait ! Où pouvait-elle être ? Pourquoi ne téléphonait-elle pas ? Il était vraiment inquiet. Le téléphone se mit à sonner. C'était madame Lascurain, soucieuse elle aussi. Cela ne ressemblait guère à Lucha. Jubilo, pour la rassurer, lui dit que Lucha était rentrée, mais qu'elle était en train d'allaiter Ramiro. Il voulait également la dissuader d'appeler à nouveau, la sonnerie accentuait sa propre nervosité. Mieux valait oublier ses pensées négatives, et écouter la radio. Il ferma les yeux pour mieux se concentrer.

Dis que tes rosiers fleuriront pour moi
Donne-moi le sourire de l'espérance
Dis-moi que je ne t'ai pas perdue
Donne-moi la paix de l'âme
Viens, je peindrai ma cabane avec des rayons
de lune
J'attendrai, en comptant les heures de la nuit
Songe, femme, que je t'aime vraiment
Songes-y, songes-y bien...

Ses songes à lui étaient hantés par Lucha. La musique ne lui servait que de prétexte pour revivre les transports qui avaient été les leurs la veille. Ces chansons avaient été un fond musical à leurs ébats. Lucha ! Est-ce qu'elle pensait à lui ? Il fit tout son possible pour chasser de son esprit les mauvaises pensées. En vain. Elle n'appelait toujours pas. C'était suspect. Un accident, peut-être... Ou serait-elle sortie avec don Pedro ? Il avait les nerfs en pelote. Une première cigarette puis une autre produisirent un effet sédatif. Le paquet terminé, il eut recours à l'alcool. La malchance voulut qu'en cet instant précis Ramiro se réveillât. Sa mère n'était pas là pour lui donner à téter. Un biberon de lait était prêt dans le réfrigérateur, Jubilo le fit réchauffer, prenant son fils dans ses bras pour le calmer, à cause de Raul. Dès que Ramiro perçut l'odeur que dégageait le corps de son père, ses cris redoublèrent et ne cessèrent plus. Jubilo s'aspergea de lotion, se brossa les dents, suça des bonbons à la menthe, berça l'enfant des heures durant jusqu'à ce qu'il réussisse à l'endormir à nouveau. Il s'écroula dans son lit après que le bébé fut installé dans son berceau. L'alcool et la fatigue accumulée faisaient leur effet. Jubilo plongea dans un sommeil profond qui dura quelques minutes. Ce laps de temps fut assez long pour que Ramiro, s'étant réveillé, tire sa couverture sur son visage et s'asphyxie.

Les cris de Lucha sortirent Jubilo de sa torpeur. Enfin de retour, elle était allée embrasser l'enfant avant de rejoindre le lit conjugal, et l'avait trouvé mort. Au milieu des hurlements de sa femme, l'esprit encore embrumé, Jubilo parvint à articuler :

— Qu'est-ce qui se passe ?

— Ramiro est mort !

Lucha martelait le mur de ses poings. Jubilo s'approcha d'elle, sans vraiment comprendre, la retenant, de peur qu'elle ne se blesse. Quand elle sentit à travers le parfum d'eau de toilette l'odeur caractéristique de l'alcool, elle le repoussa vivement.

— Tu es ivre ! C'est pour ça que tu n'as pas entendu le petit !

La fureur de la jeune femme se déchaîna. Elle le roua de coups. Jubilo n'opposa pas de résistance. Il savait qu'il méritait ce traitement, et plus encore, mais sa culpabilité l'oppressait trop, il dut l'extérioriser en s'en prenant à Lucha.

— Et toi ? Où traînais-tu ? Pourquoi n'as-tu pas entendu ton fils ? Tu étais en train de faire la pute, hein ?

Les pleurs de Lucha s'arrêtèrent net. Elle n'en croyait pas ses oreilles. La soupçonner d'une telle chose, en pareille circonstance ! Lentement, elle s'écarta, puis alla s'enfermer à double tour dans les toilettes avec Raul, qui s'était levé et se frottait les yeux, ébahi. Elle ne trouvait pas la force de parler. À quoi bon expliquer quoi que ce soit ? Elle était rentrée tard parce que don Pedro avait violé Lolita, qu'elle avait dû l'accompagner chez le docteur et l'avait quittée seulement après l'avoir ramenée chez elle puis calmée. De ce jour, elle décida qu'elle n'avait plus rien à dire à son mari.

Jubilo fut anéanti par la mort de son fils. Tout était de sa faute. Pire que ça, il n'avait pas entendu les appels du petit. Lui qui se considérait particulièrement doté par la nature, et dont la finesse de sensation frisait la perception extrasensorielle, à l'oreille duquel rien n'échappait, le vacarme le plus assourdissant aussi bien que le calme plat... Lui qui considérait que le silence n'existait pas avait été sourd pendant quelques minutes. Le son des cœurs qui battent, des planètes qui gravitent dans le ciel, des corps qui respirent, des plantes qui croissent, il le connaissait. Et pourtant, il n'avait rien entendu, rien, absolument rien !

Depuis son plus jeune âge, il s'était avisé que ce qui lui était audible ne l'était pas pour tout le monde. Sans aucun doute, Jubilo avait un système auditif adapté aux ondes courtes qu'aucun appareil moderne ne pouvait capter, hypersensibilité parfois gênante, en particulier en ville. La rumeur provenant des véhicules à moteur perturbait en effet son cerveau, lui remplissant les oreilles de sifflements qui provoquaient parfois des migraines. Les murmures, bourdonnements, craquements imperceptibles aux autres prenaient à son ouïe un relief singulier. Le glissement des insectes sur le sol le faisait tressaillir, et il avait coutume de dire à sa grand-mère, quand elle l'emmenait à la plage : « Entends-tu chanter le sable ? », faisant allusion aux intonations des minuscules grains de sable déplacés par le vent, très clairement présentes pour lui alors qu'on n'y est généralement sensible que sur les grandes dunes. À quoi tout cela lui avait-il servi, puisqu'il n'avait pas entendu son fils qui mourait ?

— Papa, tu m'entends ?

— Peut-être qu'il ne vous entend pas.

— Vous lui avez donné un calmant ?

— Non, un simple analgésique ; il avait mal à l'estomac depuis un moment. Il s'est endormi.

— Papa, réveille-toi ! Papa chéri ! Maman est venue te voir.

Jubilo ouvrit immédiatement les yeux. Non, il ne rêvait pas. Lucha était bien là. Son cœur se mit à battre à tout rompre. Son estomac fut pris de tremblements douloureux. Depuis des années, il attendait ce moment. Lluvia, elle aussi, avait été surprise. Plusieurs fois, elle avait demandé à sa mère d'aller voir son père. Lucha avait catégoriquement refusé. Qu'elle se fût présentée à l'improviste chez sa fille était un événement en soi. Ses parents ne s'étaient pas parlé depuis le mariage de Lluvia, trente ans auparavant. Elle les avait toujours connus faisant chambre à part et entretenant des relations empreintes de froideur. Une fois, Lluvia avait demandé à son père la raison pour laquelle il n'avait pas divorcé. Il lui avait répondu qu'à son époque un homme n'aurait jamais pu obtenir la garde des enfants, il ne voulait pas se séparer des siens. L'explication ne l'avait pas satisfaite mais elle n'avait pas insisté.

Si étrange que cela pût paraître, elle sentait que, derrière cette relation qu'avaient maintenue ses parents, il existait une force souterraine, une forme d'amour. Quel que fût le véritable motif, elle remerciait la vie de lui avoir donné l'occasion de profiter de la présence de son père chez elle — point de vue que la plupart des gens ne comprenaient pas. Si ses parents s'étaient vus pour la dernière fois lors de son mariage, c'était à présent dans sa maison qu'ils allaient se retrouver. Elle ne pouvait que bénir le Ciel. Quand sa mère se fut familiarisée avec la façon dont son père « parlait » au moyen de l'ordinateur, Lluvia s'écria :

— Bon. Je crois que vous avez beaucoup de choses à vous dire.

— Tu as raison, répondit sa mère.

Avant de refermer la porte, Lluvia parvint à entendre ce que sa mère déclara à son père :

— Je déteste te détester, Jubilo.

IX

Lucha arriva en retard à son travail, mais plus heureuse que jamais. Or ce jour-là était le dernier qu'elle vivrait dans le ravissement et l'innocence. À compter de cette date, tout allait changer. La matinée paraissait cependant semblable à n'importe quelle autre, Lucha avait l'impression d'être sur un petit nuage rose. Après dix ans de mariage, elle était toujours follement amoureuse. Jamais elle n'aurait pensé que cela fût possible. La nuit précédente, elle avait appris de nouvelles façons de faire l'amour. Jubilo était un partenaire formidable. Ils avaient découvert ensemble des positions qui ne figuraient même pas dans le Kama Soutra et qui lui avaient donné d'incroyables orgasmes, des orgasmes à répétition. Une nuit comme celle-là valait bien dix années de restrictions économiques. Toutes ses frustrations s'étaient envolées. Même la récente inclination de Jubilo pour la bouteille ne paraissait plus un obstacle. Elle était passagère, Lucha en était persuadée, son mari y avait recours juste pour oublier ses problèmes. Pour un homme tel que lui, il devait être très difficile de ne pas pouvoir entretenir sa famille. Elle se sentait presque coupable de tant exiger de lui. Ce n'était pas l'argent en soi qui l'attirait ; il lui permettait de faire vivre dignement sa famille. Jubilo en avait conscience aussi bien qu'elle, du moins l'espérait-elle. La jeune femme n'était pas la seule à se poser des questions sur ses choix. Lolita ne s'était pas privée de lui faire remarquer qu'elle demandait peut-être trop à Jubilo, n'hésitant pas à la critiquer pour son excès d'ambition. Lucha savait que les interventions de son amie, n'exprimant rien d'autre que les valeurs dans lesquelles elle croyait, partaient d'un bon sentiment.

Lolita était une femme résignée. Discrète autant que prudente, timide et bigote, elle n'attendait rien de la vie. La première au bureau, elle était la dernière à le quitter, accomplissant son travail sans un mot, n'agissant jamais de manière irresponsable ou à l'encontre des conventions sociales. Extrêmement bien élevée, soucieuse de faire plaisir aux autres, elle ne hasardait jamais de commentaires hors de propos. Son père les avait abandonnées, elle et sa mère, quand elle était toute petite, et la peur de n'être pas aimée qui en résulta pouvait l'amener à la servilité. Son besoin d'être rassurée en permanence avait pour effet de faire fuir les hommes. Elle n'avait jamais eu de fiancé, s'entichait toujours de ceux qui ne pouvaient pas s'attacher à elle. Lucha l'aimait et la respectait, bien qu'elle sût que Lolita était amoureuse, platoniquement, de Jubilo. Elle ne lui en tenait pas rigueur ; Jubilo était effectivement la personne la plus aimable, la plus adorable au monde. Quand ils travaillaient encore ensemble, Lucha s'était toujours amusée des regards que Lolita lançait de temps en temps à son mari, ne s'en offusquant guère, au contraire, elle en était plutôt fière. Sa chère amie avait bien le droit de défendre Jubilo bec et ongles ! Leur situation à tous deux la préoccupait tant. Lucha considérait Lolita comme sa confidente, et lui était reconnaissante de se soucier sincèrement de ses problèmes. Les positions de son amie en matière d'économie domestique, surtout, choquaient Lolita. Lucha, qui avait reçu de ses parents une éducation très particulière en matière d'argent et à propos de la façon de le dépenser, savait fort bien ce que valaient les espèces sonnantes et trébuchantes. Elle n'hésitait pas à en faire usage. Sans être compulsivement dépensière, elle connaissait l'importance de l'argent pour se procurer, entre autres, un sentiment de sécurité. Pour vivre tranquillement dans une maison qui pouvait résister parfaitement aux pluies, aux tremblements de terre et au froid, payer une bonne école où ses enfants iraient. Mieux ils seraient préparés à la vie, plus ils seraient capables, une fois mariés, de garantir une existence confortable à leur famille. Lorsque, au début de son mariage, elle avait été exposée pour la première fois au besoin, elle s'était sentie tellement peu protégée auprès de son jeune époux. Mais à côté des qualités humaines d'un être tel que Jubilo, ses terreurs enfantines étaient bien dérisoires. En aidant son mari à faire bouillir la marmite, elle avait réussi à les dissiper. Depuis qu'elle avait commencé à travailler, les choses s'étaient beaucoup améliorées, leur couple était d'une solidité à toute épreuve. Quant à l'état psychique de Jubilo, il s'arrangerait dès qu'il trouverait un autre travail. Elle l'épaulerait, sans faillir, veillerait à ce que l'argent gagné soit jusqu'au dernier centime judicieusement employé. Tous ses achats étaient pensés, tant du point de vue esthétique qu'économique. Le bon marché, au bout du compte, revenait cher. En ce qui concerne la beauté, sa théorie était très particulière : une atmosphère propre, agréable et harmonieuse élevait l'esprit. Lucha avait un singulier talent pour dénicher, dès l'instant où elle franchissait le seuil d'une boutique, les objets les plus précieux. Même cachés parmi de nombreux autres, ils ne lui échappaient jamais, elle détectait toujours le vêtement le plus beau qui, pour son malheur, était aussi le plus coûteux ; un rapide calcul lui permettait de se décider pour le plus cher, les bons achats se définissaient par la qualité, le moins cher risquant de se décolorer ou de rétrécir au premier lavage. Chez un marchand de meubles, ce n'était pas différent. Elle préférait toujours le meuble le plus luxueux, celui qui était fait du meilleur bois, avait les meilleures finitions. C'étaient ceux-là qui duraient le plus, elle le savait d'expérience.

La sûreté de ses jugements s'appliquait non seulement aux objets mais aussi aux personnes. Dès qu'elle avait vu Jubilo, elle avait pu évaluer tant ses qualités humaines que sa beauté physique. Un homme sans conteste intelligent, sensible, possédant un grand sens de l'humour, avec des manières délicates, passionné au lit, respectueux, chevaleresque, bref, unique au monde. La jalousie de Jubilo envers don Pedro la faisait rire. Jamais elle n'aurait daigné poser les yeux sur quelqu'un d'aussi basse condition, que ce soit socialement, spirituellement ou physiquement. Don Pedro était tout l'opposé de la lumière, de l'harmonie et du bon goût qui émanaient de Jubilo. Obscur, laid, mal élevé, grossier, irrespectueux, profiteur, brutal, immoral, vulgaire, voilà à quoi ce triste personnage se résumait. Souffrant d'un défaut d'éducation, il n'avait par ailleurs aucune idée de ce qu'étaient les bonnes manières et le respect vis-à-vis des femmes. Elle, Lucha, n'allait certes pas lâcher la proie pour l'ombre. Don Pedro se fourrait le doigt dans l'œil s'il croyait qu'avec un misérable foulard il allait pouvoir l'acheter. Lucha n'était pas assez folle pour troquer Jubilo et ses enfants contre un type aussi méprisable. Un pauvre imbécile. L'argent qui était dans sa poche, elle aurait pu le lui soutirer, mais tel n'était pas son but. Elle visait beaucoup plus haut. Elle passerait le reste de ses jours auprès de Jubilo, aussi amoureuse qu'elle l'avait été jusqu'à présent — comme la nuit précédente. Au souvenir de leurs ébats, elle rougit.

La présence de son directeur devant sa table la ramena à la réalité. La veille, arborant le foulard qu'il lui avait offert et qui avait coûté si cher, elle avait quitté le bureau au bras de son mari sans même dire au revoir à don Pedro. Jamais aucune femme n'avait regardé le directeur du Bureau des Télégraphes comme Lucha avait regardé Jubilo. Elle serait à lui, il le jurait, il n'aurait pas dépensé son argent pour rien. L'ingratitude caractérisait toute la gent féminine, l'argent, c'était tout ce qui les intéressait, mais il leur apprendrait, à ces femelles, à le respecter. Le dédain de Lucha lui était une cuisante blessure d'amour-propre. Assez perdu de temps comme ça, il aurait raison de sa résistance. La froideur et la distance qu'elle avait imposées dans leurs relations l'irritaient à l'extrême, il n'avait rien pu faire pour inverser la situation. S'il voulait coucher avec elle, il lui fallait changer de stratégie. Finis, les investissements — les fleurs, les chocolats, le fameux foulard, elle devait les mériter. Ah, elle le méprisait, continuait de l'ignorer ! En outre, elle s'était permis d'arriver en retard ce matin. Eh bien ! il allait sévir. Tout d'abord, il lui avait donné un tas de lettres à rédiger. Elle n'en avait pas pour autant fait amende honorable. L'heure des explications était venue. Le bureau était à moitié désert.

— Vous avez terminé ?

— Presque.

— Ah, ma petite Lucha, vous ne m'avez même pas dit au revoir, hier ; vous êtes partie si vite. Je voulais vous inviter à dîner.

— Je vous remercie beaucoup, mais, comme vous le savez, je suis mariée. Je suis allée célébrer cet événement avec mon mari.

— J'espère qu'il vous a bien traitée.

— Oui, très bien.

— Il vous a fait un cadeau ?

— Le meilleur.

— Meilleur que le foulard que je vous ai offert ?

— Écoutez, don Pedro, permettez-moi de vous dire que la question que vous venez de poser est de très mauvais goût. Je vous suggère de ne pas recommencer, enfin, si tant est que vous ayez l'intention de vous montrer en société.

— Parce que vous vous prenez pour une vraie femme du monde, n'est-ce pas ?

— Oui.

Don Pedro eut envie de gifler Lucha. Son regard plein de supériorité était insupportable. La jeune femme, elle, se sentait prête à démissionner. S'agenouiller pour cirer les pompes, serait-ce de son patron, n'était guère dans ses habitudes.

Pas question ! Sa situation économique n'était pas brillante, mais elle n'était plus enceinte, pourrait facilement obtenir un autre travail, mieux payé même, où elle n'aurait pas à subir des crétins de cette espèce. Elle se tut cependant, tandis que don Pedro, ravalant son dépit, s'en retournait vers son bureau. Sur le seuil, avant d'entrer, il cria :

— Lolita ! Venez à mon bureau, je vous prie !

Lucha, au lieu de terminer le courrier, commença à rédiger sa lettre de démission. Sa décision était prise. La bonne éducation et l'intelligence voulaient que cela fût fait dans les formes, et non sous l'effet d'un coup de tête.

Quand elle eut terminé, elle rangea son texte dans un tiroir, prit son sac et sortit du bureau. Avant de rentrer chez elle, elle eut envie de rapporter à Jubilo du pain acheté au Café Tacuba, histoire de prolonger le goût laissé par l'inoubliable soirée qu'ils venaient de vivre ensemble. En arrivant à sa voiture, elle s'aperçut qu'elle avait oublié ses clefs sur sa table. Cela la fit sourire. Voilà qu'elle était aussi distraite qu'une adolescente amoureuse ! L'immeuble était maintenant vide, tous les employés partis. Elle marcha sur la pointe des pieds, car ses pas résonnaient dans tout l'édifice, complètement silencieux. La lumière du bureau de don Pedro était toujours allumée, elle ne tenait pas à ce qu'il s'aperçoive de sa présence. Se retrouver seule avec lui était la dernière chose qu'elle souhaitait. Tandis qu'elle saisissait ses clefs en évitant de faire du bruit, du bout des doigts, elle crut entendre des sanglots. Une femme. Les pleurs provenaient du bureau de don Pedro. Elle s'immobilisa quelques secondes, tendant l'oreille. Effectivement, c'était une plainte de femme. S'enhardissant, Lucha ouvrit la porte, et découvrit Lolita pleurant, recroquevillée dans un coin. Elle se précipita. Horrifiée, elle vit les vêtements déchirés, les bas tachés de sang et comprit immédiatement ce qui s'était passé. Lolita, en état de choc, se pendit à son cou, criant désespérément. Elle lui avoua que don Pedro l'avait violée, et la supplia de n'en rien dire à personne. Si quelqu'un d'autre l'apprenait, tout particulièrement Jubilo, elle en mourrait de honte. Lucha consola son amie du mieux qu'elle put. Malgré ses exhortations, Lolita refusa catégoriquement de se rendre au poste de police pour porter plainte contre don Pedro. Le regard des autres lui serait insupportable. Aller à l'hôpital, c'était s'exposer pareillement. Au bout d'un long moment, elle se laissa convaincre d'accompagner Lucha chez son frère Juan, le médecin, qui l'examinerait, à la condition que Lucha ne se sépare pas une minute d'elle. Celle-ci tint parole, resta auprès de son amie à sécher ses larmes après l'avoir bordée dans son lit. À la mère de Lolita, elles racontèrent qu'une terrible agression avait entraîné le retard de sa fille ainsi que son état. Lucha, profondément affectée par l'incident, arriva chez elle morte de fatigue, ne se doutant pas que l'y attendait quelque chose de bien plus épouvantable.

La mort de Ramiro représentait la fin de tout ce qui comptait dans sa vie : sa famille et son amour pour Jubilo. Don Pedro, cette nuit-là, n'avait pas seulement défloré Lolita, il avait aussi profané le foyer de Lucha, terni l'image qu'elle avait de Jubilo ainsi que celle que Jubilo avait d'elle. Comment Jubilo pouvait-il douter de son honnêteté ? S'il existait quelqu'un au monde pour qui elle n'avait aucun secret, c'était lui, l'être en lequel elle avait placé toute sa confiance, le partenaire de sa vie intime, qui partageait ses aspirations, ses nombreux désirs. Leurs dix-sept ans de proximité physique et spirituelle s'étaient soudain effrités. D'une phrase, Jubilo avait tout détruit. La traiter de putain ! Incroyable. Comment avait-il pu tomber si bas ? Ne la connaissait-il donc pas ? À quoi bon lui avoir donné son corps et son âme comme elle l'avait fait ? Lui en qui elle avait mis sa foi tout entière, dont, en principe, l'amour était invincible. Le même, maintenant, réduisait à néant leurs espoirs à tous deux, le seul homme qu'elle considérait comme différent. Au bout du compte, il était pareil aux autres. Ni lui ni aucun homme ne lui ferait plus de mal dorénavant. Tous les représentants du sexe masculin lui devenaient odieux. Elle ne voulait plus en entendre parler.

Le lendemain de l'enterrement de Ramiro, elle exigea de Jubilo le divorce. Celui-ci, parvenant difficilement à sortir de sa prostration, lui demanda quelques jours de réflexion. Lucha ne voulut rien savoir. Les arguments de son mari ne l'ébranlaient aucunement ; on lui avait arraché le cœur, elle l'avait enterré à côté de Ramiro. La mort d'un enfant pose de nombreuses questions, *a fortiori* lorsque les parents éprouvent de la culpabilité. Que se serait-il passé si je ne m'étais pas endormi ? Si je n'avais pas été absente, aurais-je pu sauver l'enfant ? Mon enfant vivrait-il si je n'avais pas bu ? Existe-t-il un Dieu vengeur ? Quel mal ai-je fait pour mériter un tel châtiment ? Suis-je capable de protéger et de nourrir ma famille ? Comment pardonner une négligence de cette nature ? Comment surmonter une trahison ? Chacun était intérieurement taraudé par ses propres doutes. Lucha et Jubilo se sentaient incapables d'avoir à nouveau confiance l'un dans l'autre. Ils ne pouvaient plus se regarder dans les yeux. La simple présence de l'un ravivait la douleur de l'autre. Certains vivent avec la conviction que l'on doit pardonner au nom de l'amour. La plupart, ne pouvant oublier, s'y refusent. Dans ce cas précis, deux pensées ne cessaient de hanter Jubilo. D'une part, l'enfant, à sa mort, était sous sa responsabilité ; d'autre part, la nuit de la tragédie, une femme élégante, dans un accès de jalousie, avait assassiné don Pedro.

La nouvelle figurait sur toutes les manchettes de journaux : « Tué par une autre avec l'arme ayant servi à assassiner sa jeune maîtresse. » L'entrefilet relatant le meurtre de don Pedro par une mystérieuse inconnue se poursuivait ainsi : « Sa vie n'était faite que de combats de coqs et de femmes. Le directeur du Bureau des Télégraphes a été trouvé mort ce matin dans un hôtel de la place Garibaldi en compagnie d'une de ses nombreuses maîtresses. Une balle de calibre .44 tirée par un revolver semblable à ceux qu'utilisaient les partisans de Pancho Villa a mis fin à ses jours. Il y a quelques années de cela, c'est avec la même arme qu'il avait tué sa jeune amante, mais grâce à son argent et à son influence, Pedro Ramirez avait obtenu de garder sa liberté. Les débuts du personnage dans la politique restent flous. Sa carrière commença avec la guerre des Cristeros durant laquelle il se serait livré, selon les rumeurs, au trafic d'armes. Ses états de service comptent plusieurs postes dans l'administration publique, le plus important restant celui de député fédéral de l'État de Puebla. Les premiers éléments de l'enquête confirmeraient que Pedro Ramirez, sorti de son bureau vendredi en fin de journée, se dirigeait en compagnie de quelques amis vers El Colorin, une boîte de nuit située place Garibaldi. Il portait à la ceinture son inséparable .44, celui avec lequel il a été tué ce matin à l'aube. Les serveurs de El Colorin ont déclaré que don Pedro était un client assidu qui venait toujours accompagné de plusieurs femmes. Selon le rapport de la police, Pedro

Ramirez a quitté le cabaret tard dans la nuit pour se diriger vers un hôtel de passe. Il était accompagné de deux femmes jeunes avec lesquelles il avait l'intention de terminer la nuit. Ils n'avaient fait que quelques pas quand une troisième se joignit à eux. Lors de la chaude discussion qui s'ensuivit, un coup de feu partit, tuant don Pedro. La mystérieuse femme ayant rapidement disparu de la scène, personne n'a pu la décrire en détail. On ne l'avait jamais vue dans les environs, et la seule information dont on dispose à ce jour est qu'elle était très bien vêtue. L'enquête se poursuit. La police n'exclut aucune piste. »

La perte de son enfant avait achevé Lucha. Ce n'était pas don Pedro qu'on avait assassiné, mais elle. Ramiro était mort à cause de la négligence de Jubilo, et l'« accident » avait été provoqué par l'alcool. Elle ne pouvait l'oublier. Pour pouvoir pardonner, il est nécessaire d'accepter ce que rien ne peut changer, or ni elle ni son mari n'étaient en mesure de le faire, obnubilés qu'ils étaient par leur propre culpabilité. Si elle ne s'était pas montrée aussi exigeante, il ne se serait pas senti inutile, n'aurait pas sombré dans la boisson. Ramiro était mort parce que son père s'était endormi. Si elle avait été là, elle aurait entendu son fils. Jubilo, quant à lui, était persuadé que, s'il avait pu gagner suffisamment d'argent, Lucha ne se serait jamais vue obligée d'aller travailler, elle n'aurait pas été en contact avec don Pedro et ne serait pas tombée — comme il le soupçonnait — dans ses griffes. Seul le temps pourrait guérir leur âme ; il leur faudrait, auparavant, dissiper les doutes qui les obsédaient. Cela leur prit cinquante-deux ans, un cycle solaire aztèque, pour reparler de ce qui s'était passé cette nuit-là et en finir avec les questions demeurées sans réponse. À l'époque, aucun des deux n'avait l'esprit clair. En permanence, ils tentaient de rendre admissible l'inadmissible, de trouver un peu de réconfort, se libérer de leur culpabilité, ne pas sombrer dans la folie. Leur mémoire les torturait.

La nouvelle de la grossesse de Lucha les prit au dépourvu. La procédure de divorce était en cours, et Jubilo était d'avis que le moment était mal choisi pour avoir un autre enfant. Lucha n'était pas d'accord. Pour elle, ce troisième enfant était une planche de salut, le souvenir vivant de leur amour. Toutes ces années n'auraient pas été vaines. Elle s'accrocha, lutta pour le garder. Cet enfant qui allait naître lui appartiendrait à elle seule. Elle ne le partagerait pas avec Jubilo et se battrait pour cela. Plus tôt ils divorceraient, mieux ce serait. Malgré les exhortations au calme de sa famille, elle ne pensait qu'au moment où elle pourrait embrasser, tenir dans ses bras ce bébé issu de la plus belle nuit d'amour de sa vie, celle qui avait précédé la mort de Ramiro. Avec cette nouvelle grossesse, elle en était sûre, la vie lui restituait un peu de ce qui lui avait été impitoyablement arraché. Peut-être devrait-elle aller jusqu'à remercier les dieux pour l'aide qu'ils lui apportaient : ce pauvre type de don Pedro — il méritait largement la mort — avait été ôté de son chemin. Mais Ramiro, pourquoi le lui avait-on enlevé ? Les motifs justifiant une telle cruauté dépassaient son entendement. Elle en resterait à jamais inconsolable, malgré ce nouvel enfant qui s'annonçait.

Quant à Jubilo, il eut quelque mal à accepter le fait qu'il allait être père pour la troisième fois. Les épreuves récentes l'avaient vidé. Quel visage présenter à ce nouveau venu, alors qu'il se sentait à bout de forces ? Comment aurait-il le courage de lui dire : regarde, je suis ton père, c'est moi qui t'ai fait venir dans ce monde ? La vérité, c'est qu'il était complètement fauché, et ne pouvait assurer ni la nourriture ni les vêtements nécessaires à la survie du petit. En principe, il le savait pertinemment, il était de son devoir de les fournir, de même que de s'occuper de l'enfant et de l'aimer. Inutile de se voiler la face, il n'en était pas capable. Un ivrogne, voilà ce qu'il était, un type qui ronflait pendant que ses rejetons s'étouffaient. Même pas fichu de veiller sur le sommeil des tout-petits, il faisait un drôle de père. Quelqu'un de dangereux, après tout. Auprès de lui, on risquait sa vie. D'ailleurs, était-il assez bon pour s'occuper de lui-même ? Rien n'était moins sûr. Il n'était qu'un amas de ressentiment, d'amertume… La crainte de nuire aux autres le poussa à oblitérer l'être humain en lui. Ses contacts avec l'extérieur se réduisirent, sa conscience sombra dans l'inertie, proche de l'anéantissement. Se réveiller lui était pénible. Voir Raul également, ainsi que regarder Lucha, humer les fleurs de son jardin, marcher, respirer. Il ne désirait qu'une chose : mourir. En finir une fois pour toutes avec son corps physique. De toute façon, les émotions l'avaient fui. Il décida de prendre ses quartiers à la taverne, il y demeurerait jusqu'à la fin de ses jours, peut-être cesserait-il de souffrir, ne serait-il plus harcelé par la tentation de se battre. Là, plus rien ne comptait, ni les êtres vivants ni les objets inanimés. Le seul effort qu'il avait à faire était de porter la bouteille à sa bouche. Toute la journée il buvait, et la nuit il restait allongé sur le seuil, sans se laver, sans manger, demandant l'aumône pour continuer à boire. Chueco Lopez devint son compagnon inséparable, l'initiant à la vie de la rue. Il apprit à pratiquer les toilettes de la taverne, accueillantes aux soiffards, mais dès que celle-ci fermait ses portes, il fallait se rabattre sur l'église de la Sagrada Familia. Des années auparavant, Lucha et Jubilo s'y étaient mariés. Les gens du quartier, désolés de voir Jubilo dans cet état, n'hésitaient pas à lui donner la pièce quand il le leur demandait. À part l'affection qu'ils lui portaient, tous lui étaient redevables de quelque faveur, aussi ne se dérobaient-ils pas, bien que ne se faisant aucune illusion sur l'usage auquel leur argent était destiné. La mort de son fils n'était un secret pour personne, son désespoir était compréhensible. Jubilo, noyé dans l'alcool, n'entendait ni les conseils ni les bonnes paroles. Son état se détériora rapidement. Toutes sortes de calamités s'abattirent sur lui. Il fut rapidement victime d'agressions, sa veste et ses chaussures lui furent volées. Il ne se rendait compte de rien, se réveillant certains jours roué de coups ou souillé de vomissures ; il lui arrivait de faire dans son pantalon. Ses jambes gonflèrent, ses pieds se crevassèrent. Son cœur saignait jour et nuit.

Ainsi s'écoulèrent cinquante-deux jours, un cycle de vie complet. Pour les Aztèques, la somme des deux chiffres composant ce nombre donnant sept, et sept fois sept étant contenu dans une année, cinquante-deux est un symbole essentiel. Les cinquante-deux jours que Jubilo passa à boire représentèrent une phase nécessaire avant qu'il puisse se rendre compte qu'en réalité il ne voulait pas mourir. Cette révélation s'imposa à son esprit quand son beau-frère Juan vint le chercher. Incapable de se mettre debout, Jubilo s'accrocha à la main de Juan en lui disant : « Aide-moi, mon vieux. » À l'hôpital où Juan le conduisit, sa guérison fut lente et douloureuse. Il lui fallait apprendre à vivre en se passant de la souffrance, affronter l'absence d'alcool dans ses veines. Progressivement, il dut reconstituer les mouvements de ses jambes, de ses bras, et enfin de tout son corps. Le plus difficile fut de tenter de renouer avec sa famille. Quand il sortit de l'hôpital, Lucha, plus belle que jamais, était déjà enceinte de sept mois. Elle avait trouvé un nouvel emploi à la Loterie nationale, qu'elle combinait avec celui du Bureau des Télégraphes ; la mort de don Pedro lui avait évité d'avoir à présenter sa démission. Bien qu'elle se montrât heureuse de voir son mari en meilleure santé — en fait, son frère Juan avait su où se trouvait Jubilo grâce à Lucha, qu'une voisine avait renseignée — et bien qu'ayant par la suite suivi de loin mais avec grand intérêt les progrès du malade, elle entendait que celui-ci restât à bonne distance de ses enfants et d'elle-même. Jubilo n'eut de cesse qu'il n'eût relevé la tête, trouvé un nouveau travail. Prêt à lutter pour sauver coûte que coûte leur mariage, il était déterminé à convaincre sa femme de ses fermes résolutions. Les parents de Lucha jouèrent un rôle important à cette période. Si, par le passé, ils avaient essayé de persuader leur fille de ne pas se marier, ils faisaient à présent tout leur possible pour l'amener à pardonner, insistant pour qu'elle permette à Jubilo de revenir au domicile conjugal. En effet, ils aimaient leur gendre comme un fils. Toutes ces années, Jubilo leur avait donné des preuves de l'exceptionnelle qualité humaine qui était la sienne, et sa belle-mère était devenue sa plus grande alliée, ne se lassant jamais de le défendre, ne tarissant pas d'éloges à son sujet. Lucha céda enfin devant l'opiniâtreté de sa mère ; Jubilo après tout était toujours son mari, le divorce étant légalement impossible tant qu'elle était enceinte. Le jour de l'entrevue, Raul fut emmené par ses grands-parents chez eux afin que ses parents puissent parler sans être dérangés. Jubilo était impeccablement habillé. Dès qu'ils se revirent, leur première impulsion fut de courir se jeter dans les bras l'un de l'autre. La raison leur interdisait ce que leurs corps leur dictaient. Aminci, Jubilo rappelait à Lucha le jeune homme d'autrefois, celui qu'elle avait rencontré pour la première fois alors qu'il avait quinze ans et elle treize. Lucha était resplendissante. Son énorme ventre rendit Jubilo fou. Après qu'ils eurent parlé et pleuré un bon moment, il lui demanda de le lui montrer. Elle remonta sa robe pour que son mari pût admirer sa silhouette, et tout se termina au lit. Enlacés, ils écoutèrent la pluie violente que le ciel déversait sur la ville et qui emplissait la chambre d'une odeur de terre mouillée. Sous l'orage, dans les bras de Lucha, Jubilo sut que son âme réintégrait son corps. Comme les gouttes d'eau qui s'évaporent, disparaissent du monde pour prendre de nouveau forme dans les nuages et retomber, il avait été mort, son esprit avait émigré vers les limbes, et, maintenant, il retournait occuper sa place ici-bas.

Un enfant allait naître. L'ondée lui chantait un véritable hymne à la vie. L'amour que Lucha et lui se portaient avait engendré une nouvelle existence, palpable, sous ce ventre qui était sur le point de délivrer son fruit. Ils restèrent ainsi une bonne partie de l'après-midi, à écouter les battements de cœur de cet être. Ce jour-là naquit prématurément la petite fille qui n'était attendue que deux mois plus tard. C'était un cadeau du Ciel. Jubilo lui donna pour nom Lluvia — « la pluie » — et jura que, quoi qu'il arrive, il ne se séparerait jamais d'elle. Pour elle, il serait tout ouïe, l'immense amour dont il se sentait inondé lui serait destiné. Ce serait sa façon de rendre grâces pour chaque jour supplémentaire qu'il lui serait accordé de vivre, pour cette nouvelle chance qui lui était offerte. Il tint parole, et vécut dans la maison de Lucha jusqu'au mariage de Lluvia.

Ces années furent loin d'être placées en permanence sous le signe de l'amour et de la douceur. Le couple ne parvint jamais à retrouver qu'un équilibre précaire. Don Pedro leur avait laissé en partage une grande ombre qui s'étendait de la maison à leur lieu de travail. Jubilo retrouva son poste au Bureau des Télégraphes, mais l'ambiance n'était plus la même. Quelque chose de trop grave s'était passé dans ce lieu.

— Pourquoi ne me l'as-tu pas dit ? Pourquoi as-tu gardé le silence si longtemps ?

Le cliquetis du télégraphe résonnait sans cesse dans la pièce. Jubilo bougeait son doigt à une grande vitesse, mais ne recevait pas de réponse.

Sa cécité l'empêchait de se rendre compte qu'il y avait une coupure d'électricité et que Lucha ne pouvait lire sur l'écran de l'ordinateur ce qu'il était en train de « dire ». Elle se leva brusquement de sa chaise, courut vers la porte, elle l'ouvrit en appelant à tue-tête :

— Ambar, viens s'il te plaît !

Lluvia accourut, alarmée par les cris de sa mère. Son père aurait-il eu un malaise ? En entrant dans la chambre, elle comprit de quoi il s'agissait.

— Que dit ton Papa ?

— Il dit que son devoir était de s'occuper de toi. Remplir ta vie de rires était une obligation pour lui, mais il n'y est pas arrivé. Il te demande pardon de ne pas s'être montré à la hauteur. Sa seule intention était de t'aimer, mais il n'a pas su comment le faire. Tu as toujours été, tu seras toujours celle qu'il aime le plus…

Jubilo n'avait pas exactement dit cela. Il fut néanmoins ravi de l'interprétation de sa fille. Ses yeux se tournèrent en direction de Lluvia, on pouvait y déceler une étincelle, qui était de la complicité. Il poussa un grand soupir. Lluvia avait osé donner une voix à ses désirs. Pour sa part, celle-ci était sûre qu'elle n'avait rien inventé ; elle n'avait fait que répéter les paroles qu'elle avait entendues longtemps avant, quand elle n'avait pas encore vu le jour, quand elle attendait dans le ventre de sa mère le meilleur moment pour naître. Au moment de traduire, elle avait été fidèle à cette voix qui était restée tant de temps à rôder dans les recoins de sa maison sans pouvoir se manifester. Lorsqu'elle perçut dans les yeux de sa mère une luminosité inhabituelle, elle sut que sa traduction avait été la bonne. Elle avait réussi, elle avait pu exhumer une émotion longtemps enfouie dans le sépulcre de l'orgueil et de la superbe. Pour la première fois, des traits de la personnalité de sa mère qui lui étaient inconnus se révélaient à elle. En voyant Jubilo malade, le visage contracté de Lucha présentait l'expression même de la douleur ; Lluvia ne s'était pas doutée que l'on pût tant souffrir pour son père. Le trésor inestimable qu'elle venait de mettre au jour brillait de mille feux devant son regard fasciné : c'étaient les yeux lumineux de sa mère, des yeux illuminés à son insu peut-être d'un amour qu'elle avait caché pendant tant d'années sous des couches et des couches de froideur. Cet éclat inconnu, cet embrasement, cet éblouissement provenaient pourtant du plus profond de son cœur, ils avaient le pouvoir de faire fondre le plus endurci des hommes. Comment Lluvia avait-elle pu commettre l'erreur de croire que ses parents n'avaient pas eu le moindre contact entre eux ?

Un jour de l'an 1842, alors qu'un bateau avait rompu accidentellement le câble passant au fond d'un fleuve sans que s'interrompe la transmission du message télégraphique en cours, Samuel Morse n'avait-il pas découvert que la communication sans fil était possible ? Les fils conducteurs n'étaient pas nécessaires dans la mesure où le courant électrique pouvait se déplacer rapidement avec ou sans fil. Après avoir assisté aux retrouvailles de ses parents, Lluvia se demanda s'il n'avait pas toujours existé entre eux une communication invisible et intangible. La main de sa mère s'était posée sur celle de son père. Aucun mot n'avait été prononcé. On eût dit que la transmission d'énergie s'effectuait en permanence à l'intérieur de la matrice résonante qu'est le cosmos. Lluvia découvrait soudain qu'elle avait une grande facilité pour capter cette énergie et que cette faculté, elle en était dotée depuis sa naissance. Étrangement, ce furent la maladie de Jubilo et la souffrance ressentie qui lui permirent d'en prendre conscience. Comme elle regrettait de ne pas avoir pu le savoir plus tôt ! Si dès l'enfance elle s'était rendu compte que l'énergie continuait de circuler d'un côté à l'autre malgré le fait que les ponts étaient coupés entre ses parents, bien des angoisses lui auraient été épargnées. Les fils des lignes télégraphiques pouvaient être jetés à terre par la tempête, l'amour continuait de voyager à la vitesse du désir. Les mains entrelacées de ses parents étaient extrêmement explicites. En une seconde, tout prit sens pour elle : la colère de sa mère, sa frustration de ne pouvoir embrasser ni étreindre son mari comme elle l'aurait voulu, la façon dont elle se libérait de sa rage sur ses enfants, la frustration de son père qui peu à peu s'était habitué à substituer, aux caresses de Lucha, la musique. Elle aurait aimé comprendre cela bien plus tôt, mais chaque chose arrive en son temps, il ne nous est pas donné de hâter le cours des événements. Cela prit à Jubilo une vie entière, de reconstruire le pont détruit. Il y parvint, peu avant de mourir, et put quitter ce monde en toute sérénité. Le dernier jour, il le passa pratiquement dans le coma, incapable d'actionner son manipulateur de morse. Il attendit cependant, pour mourir, que Lucha vienne lui rendre visite. La lumière qui émanait des yeux de ma mère a sans nul doute éclairé le chemin de mon père dans l'au-delà. Ils se sont dit au revoir sans un mot, mais avec beaucoup d'amour.

Immense est la sagesse populaire. Les proverbes recèlent de grandes vérités, qui ne se révèlent comme telles que lorsqu'elles sont vécues. Ce n'est qu'à la mort de mon père que j'ai compris ce que signifiait l'expression « On ne connaît son bien qu'après l'avoir perdu ». Son absence laisse un vide que rien ne peut combler. On ne peut l'expliquer, comme on ne peut exprimer ce qu'est la solitude où l'on est subitement plongé. En tout cas, je ne suis plus la même. Jamais plus je ne serai la fille de Jubilo, jamais plus je ne me sentirai une enfant protégée, auprès d'un homme dont l'appui inconditionnel m'était acquis en toutes circonstances. J'ai du mal à concevoir le monde sans Papa. Toute ma vie, il a été à mon côté, dans les moments heureux comme dans les moments difficiles. Étais-je malade ou avais-je un problème affectif, Papa était là ; je pouvais compter sur lui pour les vacances, ou pour accompagner mes enfants à la fête de l'école. Quand je tirais le diable par la queue, il me dépannait. Toujours souriant, toujours attentif, toujours prêt à aider, il emmenait les gosses à l'école, cassait des noix pour le *chile en nogada*, venait flâner au marché aux puces de La Lagunilla, prêt à rendre service aux autres du matin au soir. J'admets que je fais preuve d'un grand égoïsme ; la vie que mon père a menée pendant les derniers mois n'en était pas une, il souffrait beaucoup, dépendre des autres lui était un crève-cœur. Sa mort a été pour lui une véritable bénédiction. Il a rendu le dernier souffle dans son lit — non pas dans un hôpital froid et impersonnel —, entouré d'amour, veillé par ceux qui l'avaient tant aimé. La seule chose que je regrette, c'est de ne pas avoir pu à nouveau l'emmener voir sa chère *k'ak'nab*, la mer baignant la ville de Progresso, celle où il avait appris à nager. Ce voyage était prévu, son état de santé nous a empêchés de nous y rendre. Au moins, il a pu dire au revoir au soleil. Le matin, il m'a demandé de l'installer à côté de la fenêtre pour qu'il puisse lui faire une dernière salutation. À la fin de la journée, il était mort. Selon ses dernières volontés, nous l'avons vêtu de son costume de lin blanc, celui avec lequel il dansait la habanera avec Maman, puis nous avons contacté les pompes funèbres.

L'après-midi était sans soleil, le ciel couvert. Ma mère est quand même arrivée avec des lunettes noires, de toute évidence pour cacher ses yeux qui avaient tant pleuré. Je n'en fus pas surprise. Sa douleur était la mienne. En revanche, qu'elle m'ait appelée par mon nom m'a prise au dépourvu. Le cortège s'était mis en marche entre les tombes, elle m'a saisi le bras avec fermeté, me disant : « Ne me lâche pas, Lluvia. » Je l'ai sentie si vulnérable, si petite. J'ai imaginé l'étendue de sa solitude. Pour la seconde fois, elle perdait celui qui avait été son mari. En rentrant du cimetière, après avoir affectueusement salué Lolita, don Chucho, Nati et Aurorita, j'ai fermé la porte de ce qui avait été la chambre de mon père, et je ne l'ai pas rouverte de toute la semaine. Je ne supportais pas de voir son lit vide, sa radio éteinte, son manipulateur de morse silencieux, son fauteuil tristement abandonné. Au bout de ces sept jours, le besoin de sentir son étreinte m'a poussée à entrer pour m'asseoir dans le fauteuil moelleux. L'odeur de Papa flottait encore. Les accoudoirs avaient gardé sa chaleur. Mais il n'était plus là. Jamais plus ne résonneront dans la maison ses pas qui avaient le don de m'apaiser. Depuis la tendre enfance, quand je l'entendais rentrer, je savais que tout allait se remettre en place, anicroches et avanies s'aplanissaient comme par miracle grâce à sa présence. Tout cela était terminé. Les images de ses derniers instants repassèrent dans ma mémoire. Ce fut une terrible expérience de le voir mourir, d'être à côté de lui au moment où il partait. Je pensais être bien préparée pour affronter sa mort, ce n'était pas vrai. On n'est jamais préparé. Le mystère de la vie et de la mort est trop puissant. Il dépasse l'entendement. En faisant quelque effort, nous comprenons ce qui se passe au niveau tridimensionnel. Des morts, nous savons seulement qu'ils ne sont plus, qu'ils s'en sont allés en nous laissant seuls. Quiconque a vu un corps sans vie sait de quoi je parle. Observer le corps rigide de mon père sur le lit m'a rappelé l'horrible sensation que j'ai eue, petite fille, un jour où j'ai vu un pantin accroché à un clou après un spectacle de marionnettes. Quelques minutes avant, il parlait, dansait, marchait, et tout à coup il était là, immobile, désarticulé, il avait perdu son âme, cessé d'être un personnage, s'était transformé en un morceau de bois peint. La différence, c'est que le pantin reprenait vie entre les mains du marionnettiste ; pas mon père. Ce corps-là, jamais plus il ne parlerait, bougerait, rirait, marcherait. Ce corps était mort. La responsabilité de recueillir ses objets personnels m'incombait. J'ai préféré le faire tout de suite pour ne pas prolonger le deuil. J'ai ouvert les tiroirs, et je me suis mise à plier ses vêtements, sélectionner ses disques et ses livres, gardant pour moi Virginia Lopez ainsi que le trio Los Panchos. Soudain, j'ai découvert une petite boîte, la boîte des souvenirs, à coup sûr. Lentement, avec respect, j'en ai retiré une photo de ma mère à l'âge de quinze ans, une photo ovale — moi quand j'étais à l'école primaire —, une photo de mes enfants et une de mon frère, une petite enveloppe avec des boucles de bébé sur laquelle était inscrit, de l'écriture de mon père : « Souvenir de mon cher Ramiro », un petit carnet avec des annotations concernant les datations mayas et le dessin détaillé d'une stèle, un médiator pour jouer de la guitare et une boîte d'allumettes où se trouvait la première dent que j'ai perdue avec un morceau de papier portant la date de l'événement. Instantanément, j'ai revécu ce jour avec une netteté déconcertante. Papa m'avait accompagnée jusqu'à mon lit et m'avait aidée à placer la dent sous mon oreiller pour que la petite souris l'emporte. Je lui ai demandé :

— Qu'est-ce qui va se passer avec ma dent, Papa ?

Et il m'a répondu :

— Ne t'en fais pas, ma chérie, la petite souris va venir et l'emporter, mais, en échange, elle va te laisser de l'argent.

— Bon, ça, je le sais, mais ensuite ? Qu'est-ce qui va se passer avec ma dent ?

— Ensuite ?

— Oui, quand la souris l'aura prise ?

— Ah… Eh bien ! elle va la garder dans une petite boîte avec ses trésors les plus précieux.

— Non, Papa, tu ne comprends pas. Je veux savoir ce qui va se passer avec ma dent. Elle va se casser ?

— Eh bien… oui. Mais dans très très très longtemps. Elle se désagrégera. Tu n'as pas à te faire de souci à ce sujet. Maintenant, mets-toi au lit et fais dodo, ma Chipi-Chipi.

Mon père avait raison. La « souris » avait gardé ma dent parmi ses trésors les plus précieux. Bien qu'encore en bon état, elle se désagrégera, je le sais, mais pas avant de nombreuses années. Sans doute ne serai-je plus là. Cette réflexion m'a cependant aidée à surmonter ma peine. Je suis restée un long moment perdue dans mes pensées. « Tu es poussière et tu retourneras à la poussière. » Tout ce qui vit finit par redevenir poussière. Nous marchons au milieu des corpuscules issus des ailes des papillons, des fleurs, des étoiles, des pierres. Nous respirons des suspensions pulvérulentes d'ongles, de cheveux, de poumons, de cœurs. Chaque minuscule particule renferme des morceaux de mémoire, des nuits d'amour. La poussière a cessé d'être pour moi une accumulation de solitude. Des milliers de millions de présences, d'êtres l'habitent, les restes de Quetzalcoatl, de Bouddha, de Gandhi, du Christ y flottent, des desquamations, des rognures, des pilosités appartenant à mon Papa sont dispersées dans toute la ville, dans les villages où il est passé avec ma mère, dans toute ma maison. Que dis-je ! Mon père fait partie intégrante de mon corps, de celui de mon frère, de mes enfants, de mes neveux. Son héritage biologique et affectif est présent en chacun de nous, affleurant dans nos pensées, nos souvenirs, nos raisonnements, nos rires, nos paroles, nos mouvements. Cette constatation m'a aidée, lors de l'enterrement, à être sincère au moment de serrer mon frère dans mes bras, ce que je n'avais pas fait depuis de nombreuses années. Elle me réconcilie avec l'existence. Est-ce une illusion, est-ce le désir impérieux d'émerger du chagrin ? Je veux croire que Papa est près de moi. Au fil des jours, ma vie est redevenue normale. Parfois, tandis que je vaque à mes tâches quotidiennes, j'ai le sentiment que mon père est avec moi. La paix s'empare alors de tout mon être. À certaines occasions, sa voix résonne clairement à l'intérieur de ma tête. Que l'on me croie ou non, je sais que, où que se trouve Papa, il sera enchanté d'apprendre que j'ai recommencé à suivre les cours d'astronomie que j'avais abandonnés après mon mariage, que je suis en train d'étudier le maya et que la première chose que j'inculquerai à mon petit-fils, le fils de Federico, quand il saura lire et écrire, ce sera la numérologie maya. Le passé de Jubilo ne se perdra pas.

L'année dernière, j'ai fait un rêve très révélateur. Papa et moi roulions dans sa vieille Chevrolet 56. Nous nous dirigions vers Progresso, dans le Yucatán. La route était pleine de papillons. Quelques-uns s'écrasaient contre le pare-brise. Je conduisais. Soudain Papa me demanda que je le laisse conduire ; instantanément et sans que je lui eusse répondu, il était au volant. Malgré sa cécité, je n'avais pas peur de le laisser conduire, il riait d'allégresse, et moi aussi. Dans les virages, cependant, la voiture tremblait un peu, il ne tournait pas le volant au bon moment, et tout à coup, de façon étonnante, il continua droit devant lui. Au lieu de tomber dans le vide, nous commençâmes à voler, parcourûmes rapidement différentes villes de province. Dans chacune d'elles, il y avait des gens qui nous saluaient de la main. Nous voyions de nombreux paysans agiter leur chapeau avec joie, comme s'ils nous reconnaissaient. En arrivant à la mer, Papa me dit « Regarde, Chipi-Chipi ! », puis se lança à l'eau, où il se mit à nager comme un chiot. Il le faisait fort bien, malgré la maladie de Parkinson. Un son me sortit peu à peu de mon sommeil profond, me ramenant à la réalité. C'était un message en morse, martelé sur le bois de mon lit dont la tête est orientée au nord. Curieusement, il m'est parvenu le 14 février. Au Mexique, outre la célébration du jour de l'amour et de l'amitié, nous commémorons à cette date les télégraphistes. Peu de gens sont au courant, car ces personnages qui ont joué un rôle si important dans l'histoire des télécommunications sont aujourd'hui tombés dans l'oubli. Que personne ne veuille se souvenir de don Pedro, je le comprends aisément. Il reste que le télégraphe fut, à une certaine époque, l'équivalent de l'Internet. Que la plupart des gens n'en aient pas conscience chaque fois qu'ils surfent sur le Web est fort dommage. Les télégraphistes ont contribué de façon non négligeable à l'élaboration des techniques permettant une communication immédiate. C'est comme ça, la vie est parfois ingrate. Peu importe. Le plus intéressant, c'est ce dont le processus de la communication nous fait prendre conscience. Écrites, parlées ou chantées, les paroles qui sortent de notre corps volent dans l'espace. D'autres voix avant nous les avaient prononcées. Elles se chargent de leur écho, voyagent dans les airs, elles s'imprègnent de la salive d'autres bouches, des vibrations reçues par d'autres oreilles, des battements de milliers de cœurs. S'insinuant jusqu'au centre de la mémoire, elles attendent tranquillement qu'un nouveau désir les réanime et les charge d'énergie amoureuse. Ce qui m'émeut le plus dans les paroles, c'est leur capacité à transmettre de l'amour. Tout comme l'eau, les paroles se prêtent extraordinairement bien à la conduction du courant électrique. L'énergie amoureuse possède un énorme pouvoir transformateur, et mon père en avait à revendre.

Ce 14 février, tous ceux dont Jubilo avait contribué à changer la vie appelèrent pour présenter leur vœux. Les premiers furent Jesus et Lupita. La nouvelle de sa disparition les affecta profondément. Par le pouvoir transformateur de ses paroles, le télégraphiste qui avait su créer un lien entre des milliers de personnes, entre des milliers d'illusions et de désirs, se perpétuera dans les mémoires. C'est en définitive la seule chose qui importe. Ah ! j'oubliais. Les paroles transmises par le message en morse qui m'avait réveillée disaient ceci :

« Chère Chipi-Chipi, la mort n'existe pas, mais la vie telle que tu la connais est merveilleuse. Profites-en ! Ton Papa qui t'aimera toujours. »

DU MÊME AUTEUR

CHOCOLAT AMER, *Robert Laffont*, 1991 (Folio n° 4866).

VIF COMME LE DÉSIR, *Archipel*, 2003 (Folio n° 5565).

Composition Nord Compo
Impression Maury-Imprimeur
45330 Malesherbes
le 6 mars 2013.
Dépôt légal : mars 2013.
Numéro d'imprimeur : 180710.

ISBN 978-2-07-044880-7. / Imprimé en France.

244073